CASAS ESTRANHAS

UKETSU

CASAS ESTRANHAS

Tradução de Jefferson José Teixeira

Copyright © Uketsu 2021

Esta edição foi publicada mediante acordo com ASUKA SHINSHA, INC., por intermédio de Japan UNI Agency, Inc. e Patricia Natalia Seibel.

Todos os direitos reservados. Nenhuma parte deste livro pode ser utilizada ou reproduzida sob quaisquer meios existentes sem autorização por escrito dos editores.

TÍTULO ORIGINAL
变な家 (Henna Ie)

COPIDESQUE
Lídia Ivasa

REVISÃO
Nathalia Necchy

DIAGRAMAÇÃO
Ilustrarte Design e Produção Editorial

DESIGN DE CAPA
Kouichi Tsujinaka (œuf inc.)

ADAPTAÇÃO DE CAPA
Antonio Rhoden

CIP-BRASIL. CATALOGAÇÃO NA PUBLICAÇÃO
SINDICATO NACIONAL DOS EDITORES DE LIVROS, RJ

U32c

Uketsu
    Casas estranhas / Uketsu ; tradução Jefferson José Teixeira. - 1. ed. - Rio de Janeiro : Intrínseca, 2025.
    176 p. ; 21 cm.

    Tradução de: 变な家
    ISBN 978-85-510-1313-7

    1. Ficção japonesa. I. Teixeira, Jefferson José. II. Título.

25-96367

CDD: 895.63
CDU: 82-3(52)

Gabriela Faray Ferreira Lopes - Bibliotecária - CRB-7/6643

[2025]
Todos os direitos desta edição reservados à
EDITORA INTRÍNSECA LTDA.
Av. das Américas, 500, bloco 12, sala 303
22640-904 – Barra da Tijuca
Rio de Janeiro – RJ
Tel./Fax: (21) 3206-7400
www.intrinseca.com.br

Esta é a planta baixa de determinada casa.

SEGUNDO ANDAR

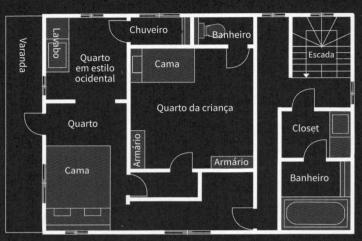

TÉRREO

Você percebe o que tem de anormal nela?

À primeira vista, talvez pareça uma residência bem comum. Mas experimente apurar o olhar e observar com atenção cada canto e você notará por todo o imóvel uma sutil sensação de desconforto. Esse sentimento vai crescendo até que, finalmente, se vincula a um "fato".

Esse fato é tão assustador que me recuso a acreditar nele.

CAPÍTULO 1

UMA CASA ESTRANHA

CONSULTA DE UM CONHECIDO

Meu trabalho atual é como escritor *freelancer* especializado em ocultismo. Devido ao meu campo de atuação, tenho a oportunidade de ouvir muitas histórias de fantasmas e relatos de experiências estranhas.

Entre elas, são frequentes os relatos que envolvem casas.

"Ouço som de passos no segundo andar quando, supostamente, não tem ninguém lá em cima"; "Sinto como se alguém estivesse me observando quando estou sozinho na sala"; "Ouço vozes vindo de dentro do armário".

Há inúmeros episódios relacionados aos chamados **imóveis com um passado**.

No entanto, a história que ouvi naquela época sobre a "casa" era um pouco diferente.

* * *

Setembro de 2019. Yanaoka, um conhecido meu, me ligou dizendo que tinha "algo que gostaria de discutir" comigo. Ele trabalha com vendas, na área de produção editorial. Nós nos conhecemos alguns anos atrás por causa do trabalho, e desde então nosso relacionamento se restringiu a algumas saídas para comer.

Yanaoka teria em breve seu primeiro filho. Sendo assim, pela primeira vez na vida, ele havia decidido comprar uma casa. Toda noite, lia até tarde um monte de informações acerca de imóveis, até que finalmente encontrou um lugar ideal na região metropolitana.

Esse imóvel de dois andares estava situado em um tranquilo bairro residencial, próximo a uma estação de trem — mas ainda assim cercado de muito verde —, e, apesar de não ser novo, aparentava ter sido construído há poucos anos. Quando visitaram a casa, ele e a esposa se encantaram com o interior arejado e bem iluminado.

Havia apenas um ponto intrigante em relação à planta baixa.

TÉRREO

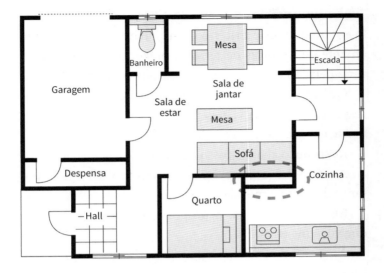

No térreo, entre a cozinha e a sala de estar, havia um **espaço misterioso**.

Ele não tinha porta, então era impossível entrar ali. E, mesmo quando perguntaram ao corretor sobre aquilo, ele não soube explicar. Embora não gerasse qualquer inconveniente para morar no local, o detalhe um pouco assustador fez com que Yanaoka hesitasse sobre a compra da casa.

Ele decidiu me consultar porque, segundo ele, "eu entendo bem sobre ocultismo". Realmente, a expressão "espaço misterioso" tem um quê de sobrenatural e desperta mesmo um grande interesse. Contudo, eu sou um completo leigo no que se refere a arquitetura. Nem sequer sou capaz de ler uma planta baixa.

Por isso, decidi pedir a colaboração de outra pessoa.

KURIHARA

Tenho um conhecido chamado Kurihara. Ele é projetista em um grande escritório de arquitetura. É também um amante de histórias de terror e mistério, e achei que ele seria perfeito para me ajudar com essa consulta.

Quando lhe informei o assunto, ele demonstrou interesse. Decidi lhe enviar de imediato os dados da planta baixa e conversar com ele por telefone.

Reproduzo abaixo nosso diálogo.

Autor: Oi, Kurihara, há quanto tempo! Obrigado por ter se disposto a me ajudar.

Kurihara: Imagina. A propósito, sobre a planta baixa que você me enviou...

Autor: Sim. Você faz ideia do que seria o espaço sem porta no térreo?

Kurihara: Hum. Uma coisa que posso afirmar é que ele foi **criado intencionalmente**.

Autor: Intencionalmente?

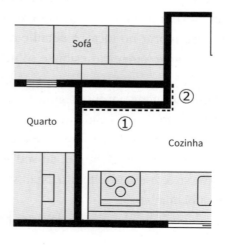

Kurihara: Sim. Vendo o desenho, você provavelmente vai entender que esse espaço foi criado com **duas paredes originalmente desnecessárias**. Duas paredes adjacentes à cozinha. Sem elas, o "espaço misterioso" não existiria e a cozinha se ampliaria. Se eles construíram intencionalmente essas paredes, a ponto de deixar o cômodo mais apertado, é porque *esse espaço era necessário*.

Autor: Entendi. Para que ele seria necessário?

Kurihara: Talvez de início tivessem planejado usá-lo como uma despensa ou algo assim? Por exemplo, se instalar uma porta do lado da sala de estar, o espaço pode ser usado como armário e, se for do lado da cozinha, como guarda-louça. Contudo, talvez durante a construção tenham mudado de ideia, ou o orçamento foi insuficiente e acabaram desistindo antes de instalar as portas.

Autor: Entendo. Na época, a obra já estaria avançada e, sem poder alterar planta, restou apenas o espaço. Seria isso?

Kurihara: É a conclusão mais óbvia.

Autor: Então não tem nada a ver com ocultismo, né?

Kurihara: Isso mesmo. Só que...

A voz de Kurihara inesperadamente ganhou um tom sombrio.

Kurihara: A propósito, quem construiu esta casa?

Autor: Os moradores anteriores. Aparentemente, era uma família de três pessoas: o casal e uma criança pequena.

Kurihara: Quando você diz pequena, que idade tinha, mais ou menos?

Autor: Aí eu não sei... por que a pergunta?

Kurihara: É porque, na realidade, quando vi essa planta baixa, achei a casa muito estranha.

Autor: É mesmo? Alguma outra coisa chamou sua atenção em particular, além do espaço misterioso?

Kurihara: O que me causa estranheza é o **projeto do segundo andar**. Dê uma olhada no quarto da criança. Não percebe nada?

Autor: Hum... hã?

SEGUNDO ANDAR

SEGUNDO ANDAR

= Indicação das portas

Autor: Existem duas portas, uma depois da outra.

Kurihara: Isso mesmo. E a posição delas é esquisita. Por exemplo, depois de acessar o andar pelas escadas, é preciso dar uma volta enorme para entrar no quarto da criança, não concorda? Por que fizeram um projeto tão complicado?

Autor: É realmente inusitado.

Kurihara: Além disso, esse quarto não tem nem uma janela sequer!

De fato, olhando o quarto da criança não havia nenhum símbolo (■══■) indicativo de uma janela na planta baixa.

Kurihara: A maioria dos pais deseja que o quarto de seus filhos tenha uma boa incidência de luz solar... Nunca tinha visto o quarto de uma criança sem janelas, pelo menos não em uma casa.

Autor: Poderia ter a ver com alguma circunstância especial? Por exemplo, uma doença dermatológica que impedisse a exposição da criança ao sol, ou algo assim?

Kurihara: Se fosse isso, bastaria fechar as cortinas. Sinto que o fato de não haver janelas parece anormal.

Autor: Entendo.

Kurihara: E há mais uma coisa intrigante em relação a esse quarto. Dê uma olhada no banheiro. Considerando a posição da porta, só se tem acesso pelo quarto da criança.

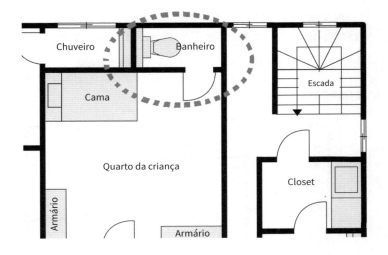

Autor: Tem razão. *O quarto da criança é uma suíte*, seria isso?

Kurihara: Provavelmente.

Autor: Um quarto sem janelas, com uma porta depois da outra e um banheiro... parece uma solitária de prisão, não parece?

Kurihara: Isso vai muito além de "superproteção". Sugere que os pais queriam ter total controle sobre a criança. Talvez ela estivesse sendo mantida em cativeiro nesse quarto.

Autor: Abuso infantil...?

Kurihara: É uma possibilidade. Se fizermos uma leitura mais aprofundada, a impressão é de que **os pais não queriam que ninguém visse a criança**. Dê só uma olhada na planta completa do segundo andar. Como posso dizer...? Não parece que todos os cômodos estão dispostos de forma a esconder o quarto da criança? Para começar, sem uma janela, fica impossível perceber a presença de uma criança do lado de fora. Os pais a confinavam no quarto e escondiam sua existência. É a impressão que eu tenho.

SEGUNDO ANDAR

Autor: Mas por que eles fariam isso?

Kurihara: Não sei dizer. Apenas fica claro, vendo a planta baixa, que havia alguma circunstância incomum com essa família.

DOIS BANHEIROS

Kurihara: A propósito, ao lado do da criança há outro quarto, certo?

Autor: O quarto com uma cama de casal? Seria o dos pais?

Kurihara: Provavelmente. Ao contrário do quarto da criança, esse é bem arejado. Tem também várias janelas.

Lembrei das palavras de Yanaoka: "Interior arejado e bem iluminado."

Kurihara: Na realidade, algumas coisas nesse quarto também me deixam um pouco com a pulga atrás da orelha. Na planta baixa, dá para ver que tem uma salinha com chuveiro, certo? O quarto em estilo ocidental de frente para ela deve ter a função de closet. Contudo, sendo assim, ele fica totalmente à vista de quem estiver no quarto.

Autor: Agora que você falou, é verdade, não há porta entre esses dois cômodos.

Kurihara: Por mais que as duas pessoas desse quarto sejam casadas, elas não devem querer ser vistas saindo do banho. Deviam ser muito "íntimas". Esse desequilíbrio entre um casal "íntimo" e uma criança "em cativeiro" é meio assustador... Bem, talvez eu esteja pensando demais.

Autor: Realmente. Mas, hum...

Kurihara: O que houve?

Autor: Além da salinha do chuveiro, existe um banheiro separado. Não é raro isso?

Kurihara: Pode acontecer, mas não é algo que vejo com frequência. Falando nisso, nesse outro banheiro também não tem janela! Por outro lado, na salinha do chuveiro tem um janelão.

Autor: É mesmo. Analisando assim, é uma casa bem esquisita. O que acha? É melhor não comprá-la?

SEGUNDO ANDAR

Kurihara: Só pela planta baixa não posso afirmar nada, mas, se fosse eu, não compraria.

Eu agradeci a Kurihara e desliguei o telefone.

Olhei mais uma vez a planta baixa. Dei asas à minha imaginação. A criança em cativeiro no quarto sem janela. Os pais dormindo serenamente na cama de casal.

Comparei a disposição do térreo com a do segundo andar. Ignorando o tal espaço misterioso, o térreo era como o de uma casa comum. Aquele espaço estranho que era para ser uma despensa... Seria isso mesmo?

SEGUNDO ANDAR

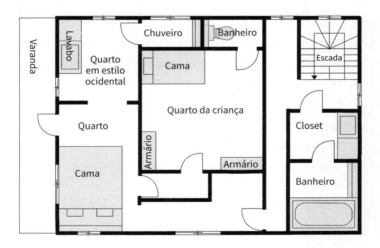

TÉRREO

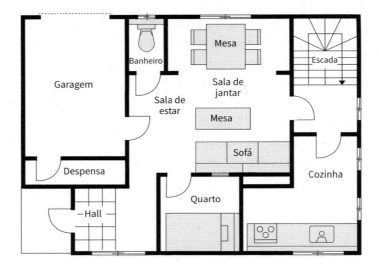

Naquele momento, me ocorreu **uma teoria**. Uma teoria bem absurda. Embora pensasse com meus botões "não, isso é impossível", eu sobrepus as duas plantas.

Ao contrário do que eu previra, "isso" coincidia perfeitamente.

Seria coincidência? Ou...

O ESPAÇO MISTERIOSO

Voltei a telefonar para Kurihara

Autor: Desculpe ligar de novo.

Kurihara: Tudo bem. Aconteceu alguma coisa?

Autor: Sabe, fiquei muito curioso em relação ao espaço no térreo. Então cogitei se não teria alguma relação com o projeto do andar de cima.

Kurihara: Entendo.

Autor: Aí eu sobrepus as plantas do térreo e do segundo andar... E o espaço no térreo **fica sobreposto exatamente por um canto do quarto da criança e do banheiro**. É como se os dois cômodos estivessem interligados.

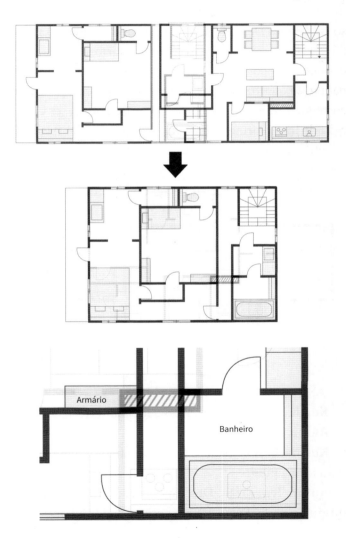

Kurihara: Ah, tem razão.

Autor: Então... Bem, é uma ideia maluca de um completo leigo, mas o espaço no térreo não poderia ser uma **passagem**? Por exemplo, digamos que houvesse *aberturas ligando o térreo* ao chão do quarto da criança e ao do banheiro. As duas aberturas levariam até o espaço misterioso no térreo. Dessa forma, atravessando o espaço no térreo, seria possível ir e vir entre o quarto da criança e o banheiro. Os pais ocultavam a presença da criança. Porém, para ir do quarto dela para o banheiro é preciso passar pelo corredor, que tem uma janela. Há o risco de ela ser vista do lado de fora. Portanto, para dar banho nela, foi criado um caminho alternativo ligando diretamente o quarto ao banheiro. E imaginei que o armário no quarto da criança pudesse ter sido colocado para ocultar a abertura. O que acha?

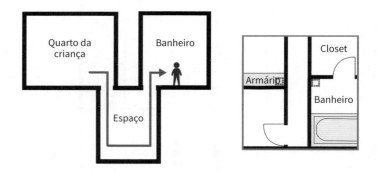

Kurihara: Hum, bem, acho a ideia interessante.

Autor: Viajei demais?

Kurihara: A questão é se eles deliberadamente chegariam a esse ponto.

Autor: Tem razão. Desculpe. Foi só uma ideia que me surgiu do nada. Esqueça essa conversa, por favor.

Eu estava fazendo um discurso sério e eloquente, mas de repente me senti envergonhado. De fato, a história era muito fora da realidade. Quando pensei em dar por encerrada a conversa, ouvi Kurihara murmurar algo do outro lado da linha.

Kurihara: Passagem... Ah, espera aí! Se for assim, esse quarto...

Autor: O que houve?

Kurihara: Não, é que me lembrei de algo ouvindo o que você acabou de falar... Antes residiam três pessoas na casa, certo? O marido, a esposa e a criança.

Autor: Sim.

Kurihara: Sendo assim, tem uma cama sobrando, não? O casal dorme no segundo andar. A criança, no quarto dela. Logo, o quarto no térreo seria de quem?

TÉRREO

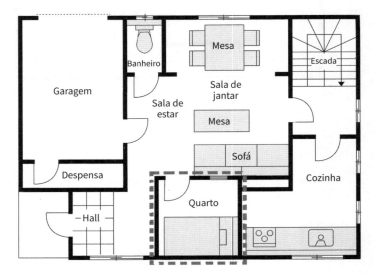

Autor: Hum, talvez seja um quarto de hóspedes?

Kurihara: Bem, deve ser isso. De tempos em tempos, devia haver visitas na casa. Se juntamos o visitante, o quarto da criança sem janelas, os dois banheiros e essa teoria sobre "uma passagem", temos **uma história** se formando aí. Bem, sei que é uma ideia ridícula, e pode ser apenas um devaneio meu, mas escute só:

SEGUNDO ANDAR

TÉRREO

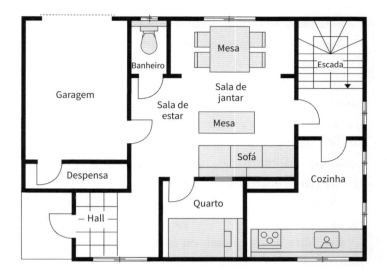

DEVANEIO

Kurihara: Nesta casa morava um casal com o filho. A criança, **por algum motivo**, ficava trancafiada no quarto. O casal convidava visitas com frequência. Eles conversavam trivialidades na sala de estar e jantavam na sala de jantar. O marido oferecia uma bebida ao convidado. O convidado a aceitava de bom humor. Com o convidado já completamente bêbado, a esposa sugeria: "O que acha de passar a noite aqui? Temos um quarto de hóspedes logo ali." "A banheira também já está preparada." O convidado é levado ao banheiro sem janela no segundo andar. Quando o casal confirma que a pessoa está tomando banho, a esposa envia um sinal para o quarto do filho. A criança pega **determinado objeto**, entra pela abertura no chão, atravessa a passagem no térreo, adentra o banheiro e…

Esfaqueia o convidado pelas costas.

Autor: Oi? Por que isso de repente?

Kurihara: Bem, é só um devaneio. O convidado, nu, desarmado, bêbado, atordoado, sem entender nada, é incapaz de oferecer resistência. A criança o esfaqueia inúmeras vezes pelas costas, e o sangue escorre de forma abundante. Sem nem se dar conta do que aconteceu, o convidado cai morto no chão. Ou seja, **essa casa foi construída para cometer assassinatos**.

Autor: Como assim? Você só pode estar de brincadeira, né?

Kurihara: É, estou mais ou menos brincando com isso tudo. Mas não dá para afirmar que algo assim não seja possível. Você já chegou a procurar "incidentes misteriosos" na internet? Aparece um número absurdo de registros de incidentes brutais e incompreensíveis que parecem casos de livros de terror de mau gosto. O mundo está cheio de crimes grotescos que vão muito além do que a gente imagina. Vamos apenas supor aqui… Digamos que um casal remodela a casa e usa o filho para cometer um assassinato sem que eles tenham que sujar as mãos… Não é algo impossível!

Autor: Não… mas… mesmo assim, qual seria o propósito?

Kurihara: Boa pergunta. É difícil acreditar que alguém iria tão longe para matar uma única pessoa. O que leva a crer que os assassinatos se repetiam com regularidade. Se for assim, não são homicídios movidos pelo rancor. Talvez mortes por "encomenda"?

Autor: Por encomenda?

Kurihara: Na internet há inúmeros sites com gente que se denomina "assassino de aluguel". Esses sites da dark web já foram considerados um problema social, né? A maioria dessas pessoas é golpista, mas dizem que no meio delas há quem realmente aceite encomendas para matar alguém. Parecem acolher pedidos de, no mínimo, duzentos a trezentos mil ienes. Em outras palavras, são assassinos amadores, mas, com o tempo, eles usam um *modus operandi* cada vez mais diversificado e sofisticado.

Autor: Ou seja, essa casa era o reduto de um grupo de assassinos de aluguel?

Kurihara: Só estou dizendo que é possível pensar dessa forma. Isso tudo é apenas um devaneio.

Um casal que usa uma criança para cometer assassinatos. Mesmo sendo um devaneio, é absurdo demais.

SEGUNDO ANDAR

TÉRREO

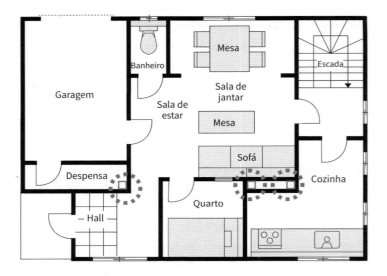

Kurihara: Aproveitando, vamos imaginar mais uma coisa. Você sugeriu antes que o armário poderia ter sido colocado para "ocultar a abertura", mas no quarto da criança há mais um armário. Sendo assim, não daria para pensar que debaixo desse armário também possa haver outra abertura?

Autor: Bem...

Kurihara: Nesse caso, onde essa abertura vai dar?

Autor: Hum... na despensa.

Kurihara: Isso, na despensa. Sendo assim, podemos afirmar que existe nessa casa uma rota para o **descarte dos cadáveres**.

Autor: Como assim?

Kurihara: Vamos voltar ao que estávamos falando antes. O casal conclui com sucesso o assassinato. Porém, eles não podem simplesmente deixar o corpo no banheiro. É preciso se livrar dele sem que ninguém veja. Então, os dois usam novamente a abertura para mover o cadáver. Mas ela é pequena demais para que seja possível passar o corpo inteiro de um adulto. Por isso, o casal o corta em pedacinhos com uma serra ou outro aparelho. **Num tamanho** que permita passar pela abertura e **que uma criança consiga carregar**.

Autor: Quê?!

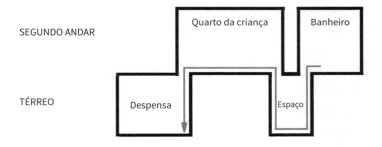

Kurihara: O casal joga o corpo desmembrado pela abertura do banheiro. A criança carrega por horas os pedaços para seu quarto e os joga pela outra abertura. Assim, o cadáver é transportado do banheiro para a despensa. A garagem fica ao lado. O cadáver é colocado no porta-malas do carro. O casal o leva até uma montanha ou um bosque próximo e o abandona ali.

Um dos pontos atrativos dessa casa é o fato de ser cercada por muito verde, apesar da proximidade de uma estação de trem.

Kurihara: Toda essa sequência de acontecimentos se desenrola em cômodos sem janelas. Quer dizer, os assassinatos ocorrem e não podem ser vistos de fora. É possível matar as pessoas de dia, de noite, em qualquer momento do ano. O que acha?

Eu fiquei sem palavras diante da eloquência de Kurihara, mas decidi lançar uma dúvida que me remoía há um tempo.

Autor: Olhe, digamos que toda essa conversa até agora seja verdade... por que haveria a necessidade de um esquema tão elaborado? Se queriam matar alguém sem que ninguém de fora visse, não bastaria fechar as cortinas da casa inteira?

Kurihara: Essa é a questão. Em geral, quando alguém faz algo dentro de casa e não quer ser visto, fecha as cortinas. Ainda mais no caso de um assassinato. Por outro lado, **ninguém suspeita que um assassinato seja cometido em uma casa onde todas as cortinas estão abertas**.

Autor: É tipo um truque psicológico?

Kurihara: Isso. Veja a planta baixa. Essa casa tem janelas demais. Eu contei, ao todo, dezesseis delas. É como se eles dissessem para quem está do lado de fora: "Por favor, olhe para nós." Eu considero isso uma camuflagem, com o objetivo de esconder **um cômodo que jamais deveria ser visto**.

TÉRREO

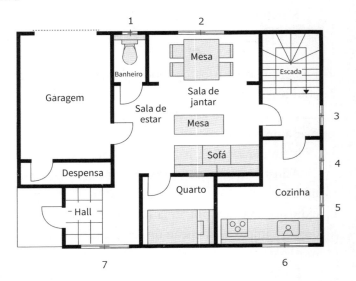

SEGUNDO ANDAR

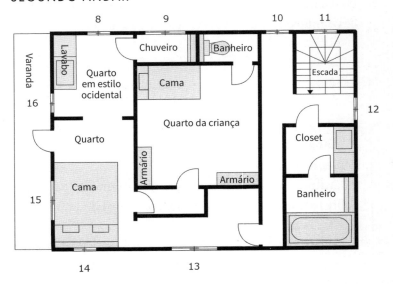

Autor: Hum…

Kurihara: Bem, é apenas uma suposição. Não leve a sério, ok?

Fiquei meio atordoado depois de terminar o telefonema com Kurihara.

O que fazer se a história dele fosse verdadeira? Informar a polícia?

Nem pensar. Eles não nos levariam a sério.

Antes de mais nada, seria loucura alguém acreditar em uma história tão irreal quanto a de uma "casa para homicídios construída por uma família de assassinos". Talvez, desde o início, a intenção de Kurihara fosse tirar sarro da minha cara.

Inclusive, tenho mais um trabalho. Preciso contar a Yanaoka, que pediu minha ajuda, tudo que eu tinha ouvido. Deixando de lado a questão da "casa para assassinatos", devo informar a ele sobre o quarto da criança.

FATOS

Autor: Alô. Faz um tempinho que não dou notícia, né?

Yanaoka: Ah, como vai? Desculpe pelo pedido inconveniente do outro dia!

Autor: Que nada. Estou ligando justamente para falar sobre esse assunto. Eu conversei com Kurihara, que é projetista. Bem… por onde começar?

Yanaoka: Ah, na realidade… preciso me desculpar com você quanto a isso… eu acabei desistindo de comprar aquela casa.

Autor: Hã? Por quê?

Yanaoka: Acho que você já sabe, mas depois daquilo que aconteceu...

Autor: O que você quer dizer com *aquilo*?

Yanaoka: Nossa. Você não viu o jornal hoje de manhã? Encontraram um cadáver esquartejado num bosque próximo àquela casa.

Autor: Quê?

Yanaoka: Não é meio sinistro? Por isso desisti do negócio hoje.

Autor: É mesmo?

Yanaoka: Mas, para ser sincero, estou triste. Gostei muito daquela casa. Era praticamente nova.

Autor: Falando nisso, você sabe quantos anos tem aquele imóvel?

Yanaoka: Se não me engano, parece que a casa foi construída por volta da primavera do ano passado, ou seja, pouco mais de um ano.

O proprietário vendeu uma casa nova em apenas um ano. É pouquíssimo tempo.

Autor: Aliás, você sabe onde moram os antigos residentes da casa?

Yanaoka: Não, não sei. Talvez o corretor não divulgue por ser informação de cunho pessoal.

Autor: Tem razão.

Yanaoka: De verdade, peço desculpa pelo trabalho à toa! Na próxima, vamos comer algo por minha conta!

Depois de desligar o telefone, abri um site de notícias no celular. Uma manchete apareceu: "Corpo encontrado na região metropolitana de Tóquio."

No dia 8, o corpo de um homem foi encontrado em um bosque no distrito de XX, na região metropolitana de Tóquio. A delegacia de polícia de XX, da Agência de Polícia Metropolitana, investiga a *causa mortis* e a identidade da vítima.

Segundo a delegacia, a cabeça, os membros e o tronco do cadáver foram decepados e estavam enterrados em um mesmo local. No entanto, **sua mão esquerda não foi encontrada**.

"Sua mão esquerda não foi encontrada." O que isso significa?

Além disso, me chamou a atenção também o fato de que todos os pedaços da vítima "estavam enterrados em um mesmo local". Na maioria das vezes, um corpo desmembrado é desovado separadamente, em locais distintos. Isso dificulta a descoberta e as buscas, e, dessa forma, o criminoso consegue ganhar tempo. Contudo, o fato de as partes terem sido enterradas no mesmo local leva a crer que o assassino tinha outro objetivo.

Seria para facilitar a passagem do corpo pela abertura?

"Não, nada disso. Isso é só uma fantasia", falei para mim mesmo, e fechei o site de notícias. Uma vez que Yanaoka desistiu da compra, aquela casa não tem mais qualquer relação comigo. Vamos deixar isso pra lá.

Abri o notebook e me dediquei a um texto cujo prazo de entrega estava próximo. Porém não consegui me concentrar.

O quarto da criança sem janelas, a hipótese de Kurihara, o incidente que, de fato, aconteceu...

O que era aquela casa, afinal?

O ARTIGO

Mesmo depois de uma semana, eu não tirava aquela casa da cabeça. Trabalhando ou comendo, aquelas plantas ocupavam um canto da minha mente. Durante o dia, abria várias vezes sites de notícias para verificar se havia ocorrido algum progresso no tal caso de esquartejamento.

Certo dia, comentei com um editor amigo meu sobre o caso. Ele então sugeriu: "O que acha de escrever um artigo sobre essa casa? Talvez possa obter informações de algum leitor!"

Sinceramente, hesitei. Eu me senti relutante em escrever suposições infundadas acerca de uma casa real.

Contudo, ao mesmo tempo, eu estava de fato curioso para saber mais sobre aquele lugar.

Por fim, decidi publicar um artigo, ocultando a localização e a aparência externa da casa, de forma que os leitores não pudessem identificá-la. Talvez não conseguisse alcançar o objetivo de "reunir informações". No entanto, eu tinha a esperança de quem sabe descobrir alguma coisa nova.

Naquele momento, eu não podia sequer imaginar que o artigo me permitiria conhecer fatos tão horríveis.

CAPÍTULO 2

PLANTA BAIXA DISTORCIDA

O E-MAIL

Após a publicação do artigo, recebi alguns e-mails de leitores. Praticamente todos opinando sobre o que escrevi, mas um deles me chamou a atenção em particular.

> *Peço desculpas por esta mensagem tão repentina.*
> *Meu nome é Yuzuki Miyae.*
> *Recentemente li seu artigo.*
>
> *Eu conheço aquela casa.*
>
> *Se não for incômodo, gostaria que me respondesse.*
> *Desde já agradeço.*
>
> *Yuzuki Miyae*

Para mim, foi um choque. Repito: o artigo ocultava o local e a aparência externa da casa. Mesmo que alguém da vizinhança o lesse, não deveria ser capaz de identificá-la. Portanto, essa pessoa devia **se lembrar daquela planta baixa**.

Imaginei que fosse alguma brincadeira, mas o e-mail era educado e continha, inclusive, o nome e o número de telefone da remetente. De qualquer forma, eu não teria paz de espírito se ficasse de braços cruzados. Então, antes de mais nada, decidi entrar em contato com aquela pessoa.

Depois de trocarmos várias mensagens, tomei conhecimento dos seguintes fatos:

- A remetente, Yuzuki Miyae, trabalha em uma empresa e reside na província de Saitama.
- Ela sabe alguma coisa sobre aquela casa.
- Ela quer me contar, mas, por ser uma história complicada, deseja se encontrar comigo para me falar pessoalmente.

Para ser sincero, eu estava me sentindo inseguro de ficar cara a cara com ela. Era impossível ter uma ideia do tipo de pessoa que ela era apenas pelos e-mails. E se por acaso fosse alguém relacionado àquela casa?

No entanto, se eu recuasse ali, não conseguiria resolver o mistério.

Era uma oportunidade única. Assim, tomei a decisão de marcar um encontro com ela.

No sábado da semana seguinte, eu me dirigi ao local de encontro combinado. Era uma cafeteria em um bairro movimentado na região metropolitana. Pelo fato de ser depois do almoço, o estabelecimento estava às moscas. Miyae ainda não havia chegado.

Pedi um café e esperei. Minhas mãos transpiravam de nervosismo.

Algum tempo depois, entrou uma mulher. Tinha cabelo preto curto, vestia uma camisa bege e aparentava ter uns vinte e cinco anos. Carregava uma bolsa grande. Eu já havia sido informado sobre suas características físicas, então logo soube que era ela.

Quando levantei a mão e acenei, ela pareceu me notar também.

Miyae: Peço desculpas por chamá-lo para vir até aqui. Espero não ter causado nenhum transtorno.

Autor: Nenhum. Pelo contrário, obrigado por ter vindo de tão longe. Quer pedir algo?

Miyae pediu um café gelado. De início, me senti aliviado ao ver que ela era uma pessoa comum (pelo menos aparentemente). Por um tempo, conversamos trivialidades. Ela contou que morava sozinha em um apartamento em Saitama e trabalhava em um escritório.

No momento em que o café gelado chegou, abordei o assunto principal:

Autor: A propósito, no seu e-mail, você escreveu "Eu conheço aquela casa". O que quis dizer?

Miyae: Sim, na realidade…

Ela abaixou um pouco a cabeça e falou numa voz miúda, como se estivesse preocupada que alguém no nosso entorno pudesse ouvir.

Miyae: Meu marido… talvez tenha sido morto pelos moradores daquela casa.

A SEGUNDA CASA

Essas palavras me pegaram de surpresa. Dizendo que "falaria tudo, na ordem em que as coisas aconteceram", ela começou a contar as circunstâncias em detalhes.

Miyae: Três anos atrás, em setembro, meu marido, Kyoichi Miyae, saiu de casa dizendo que iria visitar um conhecido, e desde então ninguém sabia seu paradeiro. Eu deveria ter perguntado aonde ele estava indo, mas, como não se sabia à casa de quem ele tinha ido e não havia qualquer informação de testemunhas, as buscas foram por fim suspensas sem que ele fosse encontrado. Porém, alguns meses atrás, um corpo foi encontrado em uma montanha na província de Saitama. O resultado do teste de DNA confirmou que era meu marido. E havia algo estranho no seu cadáver. Acontece que ele **não tinha a mão esquerda**.

Autor: O quê?!

Também no incidente recente, a mão esquerda da vítima não fora encontrada.

Miyae: Segundo a polícia, é muito provável que a mão tenha sido decepada com uma arma branca ou algo semelhante. Mas eles só souberam dizer isso, e aparentemente não há pistas que levem ao criminoso. O que houve com meu marido? Quem o matou? Por que sua mão esquerda precisou ser cortada? Eu queria descobrir a verdade a qualquer custo, por isso comecei a reunir informações de jornais e da internet que pudessem estar relacionadas ao incidente. Foi então que por acaso li seu artigo. "Apenas a mão esquerda da vítima não foi encontrada." O mesmo que tinha acontecido com o cadáver do meu marido... e o "assassinato de um convidado". Senti que aquela poderia ser a "casa do conhecido" aonde meu marido tinha ido. Claro, eu sei que seria absurdo usar apenas isso para conectar os dois incidentes. Mas não consigo deixar de pensar que possam ter alguma ligação...

Autor: Entendo. Realmente, eles têm um ponto em comum. No entanto, aquela casa foi construída por volta da primavera do ano passado. Seu marido desapareceu três anos atrás. Ou seja...

Miyae: Quando meu marido desapareceu, **aquela casa ainda não existia**, né?

Autor: Sim.

Miyae: Na verdade, quanto a isso, há algo que eu gostaria que você visse.

Miyae abriu a bolsa e tirou uma pasta de plástico. De dentro, extraiu uma folha de papel que colocou sobre a mesa. Nela havia uma planta baixa impressa.

Autor: O que é isso?

Miyae: É onde os residentes daquela casa provavelmente moravam antes.

Autor: A casa em que moravam antes?

Miyae: "A casa em Tóquio foi construída no ano passado. Antes disso, onde os residentes moravam?", pensei. Caso o conteúdo do artigo seja verdadeiro, talvez eles usassem o filho para matar pessoas da mesma forma. Se for esse o caso, suspeitei que na casa anterior também haveria um "quarto de criança sem janelas" e "uma passagem que leva à cena do crime". E, se a casa estivesse à venda, em algum lugar deveria haver informações sobre o imóvel... como uma planta baixa. Pesquisei exaustivamente em sites de imobiliárias, decidida a achar uma residência com planta baixa similar à daquela casa.

Autor: Por mais que se procure, existe um número praticamente infinito de informações imobiliárias.

Miyae: Eu tinha uma pista. Para mim, a casa devia estar localizada na província de Saitama.

Autor: Como assim?

Miyae: Depois de meu marido desaparecer, encontrei uma carteira comprida em sua escrivaninha enquanto eu arrumava o quarto. Ele tinha o hábito de usar duas carteiras com finalidades diferentes. Uma delas era uma carteira comprida para as notas de dinheiro de valor alto e os cartões de crédito. Ele a usava apenas quando fazia viagens longas ou para realizar uma compra grande. A outra era uma carteira pequena de uso comum, na qual colocava o passe de trem e uns trocados. Se ele deixou a carteira comprida em casa, era sinal de que o local aonde tinha ido não devia ficar muito distante. Que ele não havia saído da província, pelo menos. Eu me concentrei na pesquisa de imóveis colocados à venda nos últimos três anos em Saitama, sobretudo aqueles próximos à casa onde morávamos.

Miyae baixa o olhar para a mesa.

Autor: E esta… é a planta baixa?

Miyae: Sim. A casa fica a cerca de vinte minutos a pé de onde moro.

Eu duvidei um pouco. Seria realmente algo tão fácil de encontrar? Peguei a planta baixa meio desconfiado.

TÉRREO

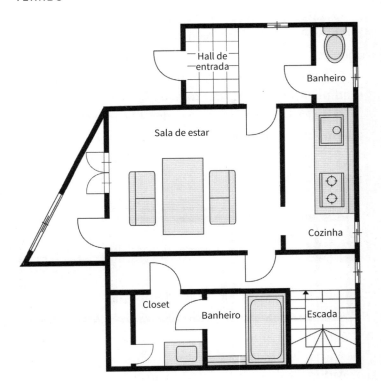

SEGUNDO ANDAR

Ela tem um formato bastante distorcido.

O hall de entrada, o banheiro, a sala de estar e o cômodo vizinho em formato triangular. Que cômodo seria aquele?

Olhei o projeto do segundo andar. Nesse momento, senti um arrepio percorrer minha espinha.

O quarto da criança sem janelas. O banheiro anexo ao quarto. Eram iguais aos daquela casa.

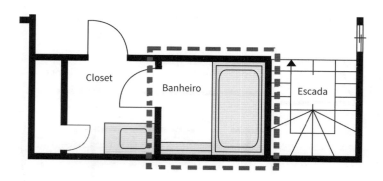

Autor: Realmente... eles são parecidos. Os quartos da criança.

Miyae: Não apenas isso. Veja só o banheiro maior do térreo.

Autor: Ah... não tem janela.

Miyae: Sim. Além disso, tem um quartinho à esquerda do closet. Não se parece um pouco com o "espaço misterioso" da casa em Tóquio? Ele está localizado bem abaixo do quarto da criança.

Autor: Isso significa que se houver uma abertura ligando o piso do quarto da criança ao espaço…

Miyae: Será uma passagem ligando o quarto da criança e o closet. Há uma portinha conectando o closet ao cômodo ao lado, não é?

A criança desce pela abertura até esse espaço e fica quietinha. O convidado entra na banheira. No momento certo, a criança entra no closet, invade o banheiro e mata o alvo enquanto ele toma banho. Embora um pouco diferente, a rota ligando o quarto da criança ao banheiro é, nesse sentido, igual à da casa em Tóquio. Isso, claro, se a teoria de Kurihara estiver correta.

SEGUNDO ANDAR

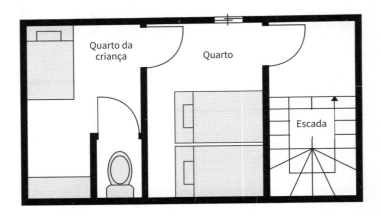

TÉRREO

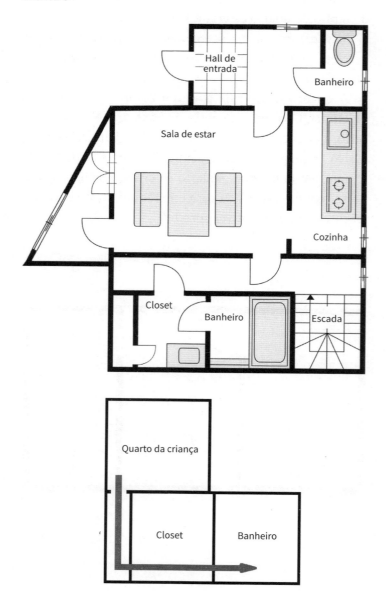

Miyae: O que você acha?

Autor: Sinceramente, até olhar a planta baixa eu pensava "de jeito nenhum", mas, com tantos pontos em comum, sinto que de fato parece existir uma relação entre elas.

Não acredito que seja coincidência. No entanto, a tal família teria morado realmente naquela casa?

Autor: A propósito, quando essa casa foi colocada à venda?

Miyae: Em março de 2018.

Autor: Na primavera do ano passado? Na mesma época em que a casa de Tóquio foi construída. E ainda está à venda?

Miyae: Na realidade… essa casa não existe mais.

Autor: Como assim, não existe mais?

Miyae: No site com as informações, constava como "imóvel indisponível", e imaginei que fosse por terem encontrado um comprador, mas, ao perguntar à imobiliária, fui informada de que a casa foi totalmente destruída por um incêndio alguns meses atrás.

Autor: Totalmente destruída?

Miyae: Dia desses, pesquisei o endereço e fui até lá, mas só havia um terreno baldio. Se a casa ainda existisse, seria possível fazer uma pesquisa detalhada. Agora, fico curiosa com relação a este cômodo. Qual seria a sua função?

Miyae apontou para o cômodo de formato triangular.

TÉRREO

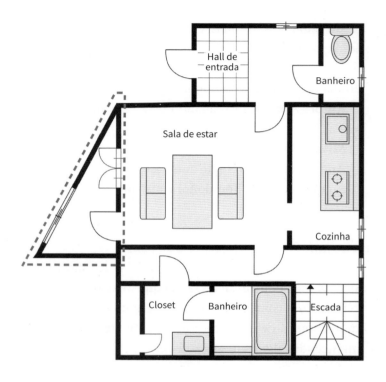

Miyae: Há ainda muitas coisas incompreensíveis sobre essa casa. Porém, sinto que se reunir mais informações e entender mais sobre ela, talvez seja possível chegar ao assassino do meu marido. Bem, nada me garante isso, mas...

Autor: Imagino. Vou mostrar essa planta baixa ao Kurihara, um projetista que conheço, e ouvir a opinião dele. Posso tirar uma cópia?

Miyae: Pode ficar com essa. Além disso, não sei se serve de referência, mas leve esta outra também. Imprimi a página do site com os dados referentes a essa casa.

Autor: Obrigado. Vou ficar com elas.

Miyae: Sinto realmente muitíssimo por ter tomado seu tempo. Transmita minhas lembranças ao Kurihara.

Saímos da cafeteria. O sol estava tão forte que eu logo comecei a suar.

Autor: Desculpe a pergunta indiscreta, mas... seu marido teve problemas com alguém?

Miyae: Que eu saiba, nenhum. Ele era um homem sério, e custo a imaginar que alguém pudesse querer assassiná-lo...

Autor: Entendo. Bem, tomara que o criminoso seja preso logo.

Miyae: Sim... eu quero que ele conte a verdade.

Despedi-me de Miyae na estação e embarquei no trem de volta. Sentado ali, observei o material que ela me entregou.

"Site de informações sobre moradias da Imobiliária XX." Naquela página, constava o endereço, as dimensões do prédio e do jardim, a distância até a estação, entre outros dados. A seguinte observação me chamou a atenção: **construída há três anos (2016)**. A casa fora posta à venda em 2018. O que significava que eles tinham desistido dela em apenas dois anos. E a casa em Tóquio fora colocada à venda um ano após a construção.

Será que teriam mesmo ocorrido diversos assassinatos nessa casa?

Sinceramente, quando ouvi o raciocínio de Kurihara, e ao escrever o artigo, eu não acreditava naquilo com seriedade. Eram de fato meras suposições infundadas.

Entretanto, ao me encontrar com Miyae, as suposições ganharam um ar de realidade.

Ainda assim, eu sentia certa estranheza na teoria de Kurihara de "assassinos de aluguel utilizando-se de crianças". Fiquei me perguntando se a situação não poderia ser outra.

Pensando em tudo isso, peguei o celular e procurei "Kyoichi Miyae" na internet. Encontrei algumas notícias.

Abri uma delas, uma matéria de julho deste ano.

O corpo descoberto na cidade de XX, província de Saitama, no dia 25 do mês passado, foi identificado como sendo de Kyoichi Miyae, desaparecido desde 2016. O corpo estava com a mão esquerda decepada...

Fui fisgado pelo trecho "a mão esquerda decepada".

Em outras palavras, isso significava que **somente a mão esquerda fora cortada**. Ou seja, o cadáver de Kyoichi Miyae **não fora desmembrado**.

Mudei a página no celular para a tal notícia sobre o corpo descoberto em Tóquio. Como de costume, não havia nenhum progresso no caso.

O ponto em comum em ambos os casos era a mão esquerda não encontrada. No entanto, em um havia o esquartejamento; no outro, não. Afinal, tratava-se do mesmo assassino?

DIFERENÇAS

Depois de chegar em casa, comparei a planta baixa de Miyae com a da casa de Tóquio.

SAITAMA

SEGUNDO ANDAR

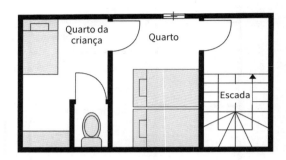

TÉRREO

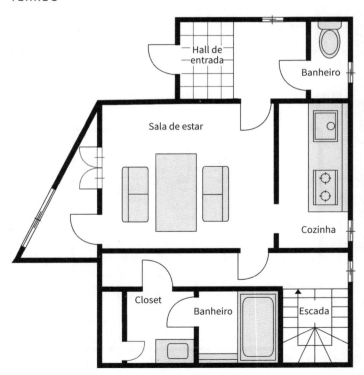

TÓQUIO

SEGUNDO ANDAR

TÉRREO

Havia muitos pontos em comum. Porém, também aspectos diferentes.

Por exemplo, na casa em Saitama não havia garagem. E isso demonstra, obviamente, que não existia nessa casa uma "rota para o descarte do cadáver".

Nesse momento, eu percebi algo.

No caso de um assassinato ter sido realizado na casa de Saitama, não havia o trabalho de passar o cadáver por uma abertura. Ou seja, não era necessário desmembrá-lo em pequenos pedaços. Por isso, o corpo de Kyoichi Miyae não havia sido esquartejado... então, como ele foi levado para fora?

Nessa noite, enviei um e-mail para Kurihara com um resumo do ocorrido no dia e anexei o material recebido. Depois, cansado, logo adormeci. Na manhã seguinte, despertei com o som do telefone. Era uma ligação dele.

Kurihara: Alô. Desculpe telefonar tão cedo. Li seu e-mail ontem à noite. Será que podemos nos encontrar agora? Eu percebi uma coisa.

Pelo que ouvi, Kurihara parecia não ter dormido na noite anterior, analisando a planta baixa. Que vitalidade a dele! Eu me sentiria mal de fazê-lo sair depois de passar uma noite em claro, por isso decidi ir até a casa dele.

A CASA DE KURIHARA

Kurihara mora em Umegaoka, no distrito de Setagaya. O apartamento fica localizado em um prédio de quarenta anos e, embora não possa ser chamado de lindo, Kurihara parece gostar dele.

A residência fica a vinte minutos a pé da estação. Apesar de estarmos em outubro, o calor não tinha amenizado e, ao chegar, eu estava encharcado de suor.

Toquei a campainha, e Kurihara apareceu de camiseta e short. Fazia tempo que eu não o via pessoalmente, mas ele tinha o estilo de sempre, com o cabelo curtinho e uma barba longa.

Kurihara: Obrigado por ter vindo. Está quente, não? Por favor, não repare na bagunça.

Entrei no apartamento. Na sala de estar de cerca de oito tatames, ou seja, uns treze metros quadrados, havia livros espalhados por todo canto. Os muitos deles relacionados a arquitetura eram suplantados pelos romances de mistério.

Autor: Como sempre, você tem uma quantidade incrível de livros, não é?

Kurihara: Pois é, gasto quase tudo que ganho neles!

Enquanto falava, Kurihara serviu chá de cevada. Depois de uma pausa, colocou uma folha de papel sobre a mesa.

Kurihara: Imprimi a planta baixa que você me enviou ontem. Fiquei espantado! Nunca imaginaria que existiria uma segunda casa.

Autor: Nem eu. Quando vi pela primeira vez, não consegui acreditar nos meus olhos.

Kurihara: Essa moça, Miyae, é fantástica, não? É incrível ela ter conseguido encontrar algo assim com tão poucas informações.

Autor: É verdade... deve ser por causa da obsessão de encontrar o assassino do marido. Falando nisso, ela se mostrou intrigada com esse cômodo triangular. Você sabe dizer o que seria?

Kurihara: Um cômodo estranho, né? Não sei os detalhes, mas uma coisa é clara. **Esse cômodo é um "acréscimo posterior".**

SEGUNDO ANDAR

TÉRREO

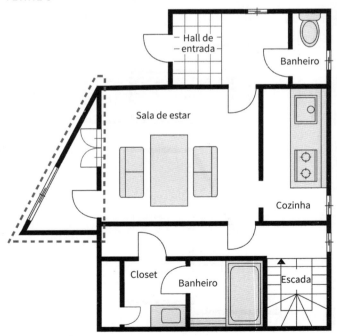

O CÔMODO TRIANGULAR

Autor: Um acréscimo? Como você pode ter tanta certeza?

Kurihara: Entre o cômodo triangular e a sala de estar há uma janela, correto? Essa janela é chamada de "janela interna", e não é raro ser colocada entre dois cômodos, mas essa não é de um tipo muito usual. É uma janela de abrir "duas folhas", mas, ao abri-la toda, ocupa boa parte do cômodo triangular.

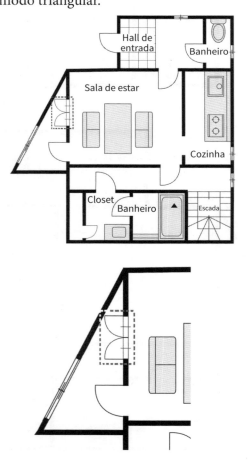

Autor: Realmente. Ela quase roça na parede.

Kurihara: Apesar de ter características excelentes de ventilação e iluminação, nessa posição ela fica bloqueada pela parede do cômodo triangular, praticamente impedindo o vento e a luz de entrar. Ela não desempenha sua função de janela. Então, por que estaria num lugar assim? Provavelmente porque ela originalmente **dava para o lado de fora**.

Kurihara cobriu com a mão o cômodo triangular.

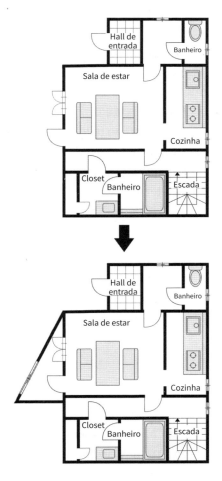

Kurihara: Quando a casa foi construída, não havia esse cômodo triangular. Olhe só. Sem ele, é uma residência de formato comum. Pode-se ver o exterior pela janela da sala de estar e a porta dava para o jardim.

Autor: Isso significa que eles acrescentaram esse cômodo onde antes ficava o jardim? Mas com que propósito?

Kurihara: Não sei qual o objetivo da construção, mas posso imaginar, até certo ponto, o motivo pelo qual o cômodo tem o formato triangular.

Autor: Hã?

Kurihara colocou o laptop sobre a mesa. Nele havia uma fotografia aérea.

Kurihara: Ontem procurei na internet o endereço que havia no material. Cadê? Ah, aqui.

Ele apontou para um terreno baldio em formato de trapézio circundado por uma cerca. Provavelmente a foto fora tirada após o incêndio. Ele pegou um bloco de notas e copiou o formato do terreno.

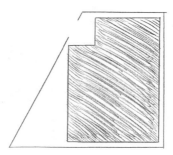

Kurihara: Essa casa foi originalmente construída nesse formato retangular em um terreno em forma de trapézio. O restante do terreno triangular era usado como jardim.

Essa casa não tem varanda, correto? Talvez usassem aquele espaço para varais de roupas. Posteriormente, **por algum motivo**, precisaram acrescentar o cômodo. Eles o criaram em formato triangular acompanhando o lote do terreno.
Autor: Entendo. Eles precisaram construir em forma de triângulo.
Kurihara: Isso. Porém, mesmo assim ainda resta uma dúvida.
Kurihara adicionou um desenho no bloco de notas.

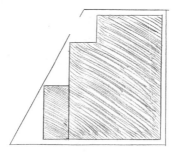

Kurihara: Um cômodo retangular poderia ter sido acrescentado, por exemplo, não é? A área não mudaria muito e, dessa forma, seria mais fácil de utilizá-lo. A execução da obra também seria mais simples. Então, por que não fizeram isso? Um motivo possível a se cogitar é o jardim.

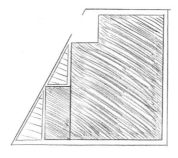

Kurihara: Ao se acrescentar um cômodo retangular, sobram dois pequenos espaços. Seria difícil usá-los como jardim. No entanto, se o cômodo fosse triangular, sobraria uma boa área.

Autor: Então você acha que o cômodo foi construído no formato triangular para preservar o jardim?

Kurihara: De início, foi a minha suposição. No entanto, refletindo melhor, é estranho. **Não há uma porta que dê acesso ao jardim.** Originalmente, a porta da sala de estar fazia essa conexão. Porém, depois da construção desse apêndice triangular, ela deixou de ser usada para isso. Em outros cômodos também não há portas para o jardim. Ou seja, não é possível ir até lá de lugar algum.

Autor: Hum… mas não é possível passar pela lateral do cômodo triangular, a partir do hall de entrada?

Kurihara: Impossível. Ontem eu calculei o espaço entre o muro e o cômodo triangular, tendo como referência as fotos aéreas e os dados dos materiais, e constatei que mede cerca de vinte a trinta centímetros. Não é largo o suficiente para um adulto passar.

Autor: Então, é impossível entrar no jardim, seja lá por onde for?

Kurihara: Exatamente. É difícil imaginar que as pessoas andariam por cima do muro para entrar e sair. Em outras palavras, depois da adição do cômodo triangular, esse jardim deixou de ser usado.

Autor: Então por que deixaram intencionalmente esse espaço?

Kurihara: A meu ver, eles não queriam, mas foram obrigados a deixar. Ou seja, **não foi possível construir o cômodo nesse espaço**.

Autor: Como assim?

Kurihara: Quando se constrói um prédio, há o processo de "cravação de estacas", em que estacas longas são instaladas no solo. E se, por alguma circunstância, nesse espaço fosse *impossível de fazer isso*?

Autor: Por alguma circunstância?

Kurihara: Os casos em que não é possível fazer a cravação de estaca são, por exemplo, quando o solo é muito rígido ou, ao contrário, muito macio. Porém é difícil acreditar que a característica do solo seja diferente apenas nesse espacinho. Sendo assim, podemos levantar a possibilidade de que havia **algo por baixo**. Por exemplo... um porão.

Autor: Quê?

O CÔMODO ENTERRADO

Kurihara: Mudando de assunto, essa casa não tem garagem, tem? Se cometessem um assassinato, eles não poderiam carregar o cadáver até o lado de fora. Talvez alugassem um carro ou o estacionamento, mas, nesse caso, precisariam parar o carro ao lado da casa para colocar o corpo. Há o risco de serem vistos. Difícil imaginar que pessoas que constroem uma casa para cometer assassinatos fizessem algo semelhante. Então de que forma se livravam do corpo? Acredito que **o cadáver era escondido dentro da casa**.

Autor: Havia um necrotério, é isso?

Kurihara: Isso mesmo. Então, onde ele está? Um local espaçoso, bem vedado para evitar vazamento de odores e separado da área residencial. Claro que é importante também que não possa ser visto do exterior. Nenhum dos cômodos dessa casa atende esses requisitos. Portanto, podemos deduzir a existência de um porão.

Kurihara aponta para o espaço ao lado do closet.

Kurihara: Este espaço, além de uma "passagem", não poderia ser uma **entrada para o porão**? O casal arrastaria o cadáver caído no banheiro até este espaço, abriria a porta e o guardaria no porão. Assim, a eliminação do corpo estaria concluída.

Autor: Mas, se há um porão, ele não deveria constar na planta baixa?

Kurihara: Esta planta baixa é divulgada como informação do imóvel. Ou seja, é elaborada pela imobiliária quando uma casa é colocada à venda. O porão deve ter sido aterrado antes disso.

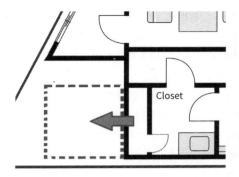

Autor: Isso significa que... mesmo agora, há cadáveres debaixo da terra?

Kurihara: Não, essa possibilidade é praticamente nula. Porque, uma vez tendo se livrado do terreno, eles não saberiam quando a terra poderia ser escavada. Antes de aterrarem o porão, devem tê-los escondido em outro local. Inclusive, Kyoichi Miyae foi encontrado em uma montanha, correto?

Autor: Tem razão...

MUDANÇA

Kurihara: Sendo assim, o mistério recai sobre o cômodo triangular. Por que eles criaram algo assim mesmo correndo risco?

Autor: Risco?

Kurihara: Se eles adicionaram um cômodo, fizeram uma obra grande. Logicamente, o pessoal da construtora entrava e saía com frequência da casa, e isso atraía a atenção dos vizinhos. Para o casal, essa situação poderia colocar tudo a perder. Afinal, o que os obrigou a construir o cômodo, mesmo correndo esse risco?

Nesse momento, eles ouviram a campainha do meio-dia soar do lado de fora do apartamento.

Kurihara: Já está na hora do almoço. O que acha de pedirmos um delivery?

Pedimos comida em um restaurante de macarrão *soba* das redondezas. Até a comida chegar, decidi consultar Kurihara sobre algo que eu vinha matutando havia algum tempo.

Autor: Na realidade, estou pensando em ir até a casa em Tóquio em breve.

Kurihara: Por quê?

Autor: A casa em Saitama foi totalmente destruída pelo incêndio, mas a de Tóquio ainda está à venda. Pedindo à imobiliária, eles me levariam para fazer uma visita. Se encontrar alguma pista, ou quem sabe uma prova do assassinato, ficaria evidente que aquela casa era mesmo usada para essa finalidade. E a polícia certamente agiria.

Kurihara: Deve ser difícil...

Autor: Você acha?

Kurihara: Quando a casa foi vendida, a construtora provavelmente fez uma avaliação. Se ela foi aprovada, quer dizer que as provas visíveis, como marcas de sangue ou algum objeto deixado pela vítima, devem ter sido eliminadas. A abertura também deve ter sido tapada. Com o uso de tecnologia especializada, talvez seja possível detectar o DNA da vítima, mas fazer isso durante uma visita é impossível. Em vez disso, a meu ver, o que podemos fazer agora é solucionar por completo o mistério desta planta baixa!

Autor: Você diz do cômodo triangular?

Kurihara: Também, mas o que me deixa curioso são as "diferenças" entre as duas casas.

Kurihara colocou lado a lado as plantas das duas casas.

SAITAMA

SEGUNDO ANDAR

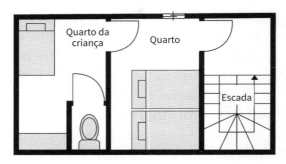

TÉRREO

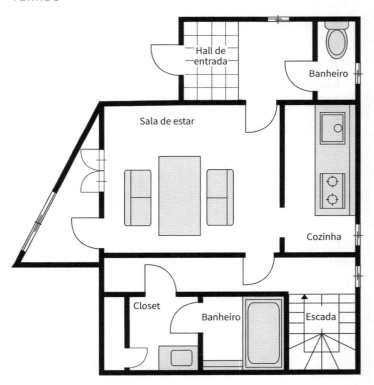

Kurihara: Por exemplo, a quantidade de janelas. A casa de Saitama tem pouquíssimas, enquanto a de Tóquio tem tantas que parece dizer: "Olhem à vontade aqui dentro." A porta do quarto da criança também é diferente, não acha? A casa de Tóquio tem duas portas, uma depois da outra, enquanto a de Saitama tem só uma. Também fico encucado com o quarto do casal ao lado do da criança. Em Saitama, há duas camas de solteiro. Ou seja, ali o casal dormia em camas separadas. Porém, em Tóquio, eles começaram a dividir a cama de casal. Não se ouve com frequência que o relacionamento dos cônjuges melhore ao mudar de casa. O que teria ocorrido entre eles? Se as mesmas pessoas moraram nas duas casas, por que surgiram essas "diferenças"? Se entendermos o motivo, talvez possamos nos aproximar do caráter real dessas pessoas!

Autor: Entendo.

Kurihara: Bem, apesar disso, não é de todo ruim visitar a casa de Tóquio. Talvez seja possível entender algo apenas a olhando por fora. Ah, o rango deve estar chegando.

TÓQUIO

SEGUNDO ANDAR

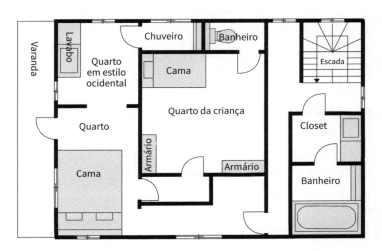

TÉRREO

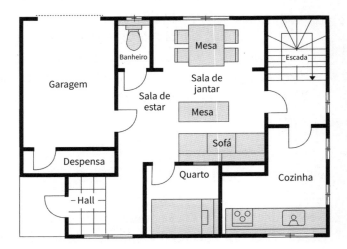

Após o almoço, fui embora do apartamento de Kurihara. No trem de volta, pus no papel um resumo de nossa conversa do dia.

- O cômodo triangular foi adicionado à casa por algum motivo.
- É possível que haja sob o jardim um porão para guardar os cadáveres.

As diferenças para a casa de Tóquio eram "a quantidade de janelas", "a porta do quarto da criança" e "as camas do casal". Depois de chegar em casa, resumi tudo por escrito e enviei numa mensagem para Miyae. Algumas horas depois, recebi sua resposta.

Aqui é a Miyae. Como vai?

Obrigada pela sua mensagem.

Fiquei surpresa ao ver que foi possível obter tantas informações detalhadas apenas com a planta baixa. Agradeça por mim ao Kurihara.

Sei que é mais um pedido egoísta meu, mas seria possível nos encontrarmos de novo? Além de lhe agradecer, há algo que gostaria de lhe informar. Posso ir a Tóquio no dia mais conveniente para você, é só me falar.

Yuzuki Miyae

A CASA DE TÓQUIO

No domingo da semana seguinte, saí de casa bem cedo. Combinei de me encontrar com Miyae às três da tarde, mas havia decidido ir antes a determinado lugar.

A casa de Tóquio. A casa onde tudo se originou. Como disse Kurihara, talvez fosse possível entender algo apenas olhando o exterior dela.

A casa ficava a dez minutos a pé da estação mais próxima, em uma tranquila área residencial. Muros pintados de branco, um jardim com gramado verde. Uma aparência externa bastante comum. Na entrada, havia uma placa de "VENDE-SE". Era inimaginável que dentro daquele local pudesse ter ocorrido um homicídio. Fiquei observando a casa, acometido por uma sensação estranha.

Então, de repente, ouvi uma voz:

— Se você estiver procurando pelos Katabuchi, eles já se mudaram!

Quando olhei, uma mulher estava parada no jardim da casa vizinha. Uma senhora em seus cinquenta anos, de aparência amigável, segurando um cãozinho.

Mulher: Você conhece o sr. Katabuchi?

Autor: Quem é esse?

Mulher: A pessoa que morava nessa casa!

"Katabuchi"… então esse era o sobrenome daquela família.

Mulher: Você não é conhecido dele? Tem alguma relação com essa casa?

E agora? Não podia simplesmente dizer "vim ver a casa dos assassinos".

Autor: Bem… na realidade, estou pensando em me mudar para esta região e, passeando à procura de algum bom imóvel, vi essa casa.

Mulher: Ah, é mesmo? Esta área é calma e muito boa!

Autor: Realmente, tem um ar ótimo e deve ser agradável para se morar.

Mulher: Essa casa também é boa. Grande e bonita. Não entendo por que eles se mudaram.

Autor: Como eram os Katabuchi?

Mulher: Eram uma família muito unida. O filho é uma gracinha.

Autor: Hã? A senhora conhecia o filho?

Mulher: Sim, era um menininho chamado Hiroto-chan. Quando se mudaram para cá, ele tinha acabado de completar um aninho. Saía com frequência com a mãe.

Fiquei confuso. Se o que ela dizia era verdade, a criança nunca fora "mantida em cativeiro".

Mulher: No entanto, um dia eles se foram de repente! Sinto falta deles!

Autor: Um dia, de repente?

Mulher: Sim. Como éramos vizinhos, eles poderiam ter me dito alguma coisa...

Autor: Eles não se despediram?

Mulher: Pois é! Será que aconteceu algo?

Autor: A propósito, a senhora não notou nada de estranho antes dos Katabuchi se mudarem?

Mulher: Humm... agora que você falou, meu marido comentou ter visto algo estranho.

Autor: Poderia me contar mais detalhes?

Mulher: Pode ser, mas... por que está tão interessado em saber sobre os Katabuchi?

Autor: Ah... é apenas curiosidade...

Mulher: Tudo bem. Deve ter sido há uns três meses... eu acho. Meu marido acordou de madrugada e foi ao banheiro. Da janela é possível ver a casa dos Katabuchi e, apesar de ser de madrugada, as luzes estavam acesas e havia alguém de pé em frente à janela! Olhe, é aquela ali.

A mulher apontou para a janela do quarto do casal, no segundo andar da casa da família Katabuchi.

Mulher: Ele disse que tentou ver melhor, imaginando quem poderia ser. E era *um menino que ele nunca tinha visto*.

Autor: Hein?

Mulher: Segundo ele, um menino de rosto pálido que devia estar nos últimos anos do ensino fundamental. Com certeza na casa não tinha uma criança assim. Achando que talvez fosse o filho de algum parente que tivesse vindo brincar, na manhã seguinte eu perguntei ao sr. Katabuchi. E ele respondeu que nenhuma criança assim tinha ido à casa dele!

Autor: Isso é... realmente estranho.

Mulher: Bem, seja como for, o importante é que eles estejam bem.

Agradeci à mulher e fui embora dali. Enquanto caminhava, brotava no meu peito uma sensação assustadoramente desagradável.

Havia duas crianças.

Liguei para Kurihara e lhe contei o que acabara de ouvir. Falei sobre "Hiroto-chan", a súbita mudança, a criança parada à janela... Por um tempo, Kurihara ficou calado, pensativo, antes de dizer com uma voz calma:

— Se... se havia duas crianças, o enigma da planta baixa está solucionado. Você pode vir aqui em casa agora?

Olhei o relógio: acabara de dar onze horas. Tinha bastante tempo até meu encontro com Miyae.

Decidi ir ao apartamento de Kurihara.

AS DUAS CRIANÇAS

Como sempre, a sala de Kurihara estava repleta de livros. As plantas baixas se encontravam em cima da mesa.

Autor: Foi uma surpresa. Nunca imaginei que houvesse duas crianças na casa.

Kurihara: Nem eu. Ignorei por completo essa possibilidade. Porém, levando em consideração que havia duas crianças, é possível elucidar de uma só vez o que era um mistério para nós. Primeiramente, vamos organizar os fatos numa ordem cronológica. A casa de Saitama foi construída em 2016. Dois anos depois, em 2018, a família se mudou para Tóquio. Segundo a vizinha, nessa época, Hiroto-chan tinha acabado de completar um ano. Portanto, o menino nasceu em 2017. Ou seja, quando a família Katabuchi residia na casa de Saitama.

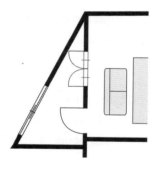

2016 Casa de Saitama concluída
2017 Nascimento de Hiroto-chan
2018 Mudança para Tóquio

Antes de Hiroto-chan nascer, moravam três pessoas na casa de Saitama. O marido, a esposa e a criança de identidade desconhecida à qual vamos chamar temporariamente de "A". O casal mantinha "A" confinado no quarto da criança. Porém, algo inusitado aconteceu na família: o nascimento do segundo filho, Hiroto-chan. Esse cômodo triangular não **teria sido construído para ele?**

Autor: Oi? Então você está me dizendo que seria um... quarto de criança?

Kurihara: Exatamente. Apesar de ser um pouco pequeno, é suficiente para caber um berço ali. E tem uma grande janela com boa incidência da luz do sol.

Autor: Mas será que pessoas que usam o filho primogênito para cometer assassinatos se preocupariam em construir um quarto para o segundo filho?

Kurihara: Essa é a questão. Segundo a vizinha, o casal mimava Hiroto-chan e o levava com frequência para passear, algo que não faziam com "A". Isso leva à suposição de que **"A" talvez não seja filho biológico deles.** Se pensar bem, alguém informou que na casa de Tóquio morava "uma família de três pessoas". De quem você ouviu isso?

Autor: De Yanaoka. Ele disse ter sido informado disso pela imobiliária.

Kurihara: Em outras palavras, os Katabuchi mentiram para a imobiliária. Afinal, eram quatro na família. Porém essa mentira seria facilmente descoberta no momento do contrato, quando fosse apresentado o registro de residente com os dados de todos os membros da família. Se não descobriram, foi porque no registro de residente não constava o nome de "A". Era uma criança sem registro civil. Possivelmente uma criança comprada.

Autor: Tráfico humano...

Kurihara: Pois é. Seja como for, o casal não sentia nenhum carinho por "A". No entanto, essas pessoas mimariam o próprio filho? Eles demonstravam ter um amor extraordinário por Hiroto-chan, o filho biológico. Uma assustadora dualidade.

De fato, nossos filhos são sempre mais fofos e preciosos do que os dos outros, claro. Mas eu seguia sem muita confiança nessa hipótese. Me sentia incapaz de compreender o casal Katabuchi.

TÉRREO

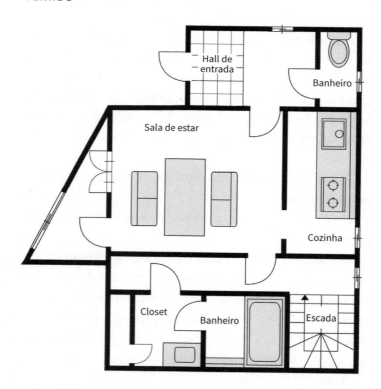

Kurihara: Bem, o que eu vou dizer a partir de agora é somente fruto da minha imaginação. O casal estava preocupado com onde deveria criar Hiroto-chan. Dentro da casa ocorriam assassinatos regularmente. Eles não queriam que seu adorado filho crescesse nesse ambiente. Desejavam, se possível, criá-lo em outra casa. No entanto, isso era impossível. Por isso, eles se comprometeram a pelo menos construir esse cômodo triangular como alternativa. Se olharmos a planta baixa, o quarto parece se projetar para fora da casa. Um cômodo que recebia bastante luz solar, o único não pertencente à sombria casa dos assassinatos. Nele, o casal criou Hiroto-chan alheio ao que ocorria.

Autor: Por outro lado, o casal confinara "A" e o forçava a cometer assassinatos. Se eles desejavam a felicidade de Hiroto-chan, em vez de construir o tal quarto, deveriam parar com os assassinatos. É o que eu penso.

Kurihara: E se, por mais que desejassem, não pudessem parar?

Autor: Como assim?

Kurihara: Venho matutando uma coisa há um tempo. Esse casal estaria cometendo os assassinatos por vontade própria? Por exemplo, existe a possibilidade de eles fazerem isso por instrução de alguém, sob ameaça.

Autor: Você se refere a um mentor ou um mandante?

Kurihara: Sim. Se for o caso, a vida deles é um inferno. Deve ser um misto de medo e culpa. Em meio a isso, Hiroto-chan é a única representação de esperança para os dois. Talvez eles buscassem sua salvação oferecendo uma criação feliz para o filho.

Autor: Eles dedicaram a própria vida ao Hiroto-chan? Seria isso?

Kurihara: Sim. Pensando assim, a forma como vemos esta casa muda bastante.

Kurihara aproximou do centro da mesa a planta baixa da casa de Tóquio.

Kurihara: Em 2018, a família se mudou para Tóquio por algum motivo. Nessa ocasião, eles construíram uma casa nova. Eu julguei erroneamente essa casa. Ela foi projetada com todo o cuidado pelo casal para seguir com os assassinatos e, em contrapartida, criar o filho.

DOIS LADOS

Kurihara: Essa casa tem dois lados. Podemos denominá-los "luz" e "sombra". A luz engloba a sala de estar, a cozinha e o quarto, entre outros cômodos com muitas janelas que poderiam ser vistos de fora sem causar constrangimento. Foram todos construídos para Hiroto--chan. O casal o criava encenando nesses cômodos o papel da "família de comercial de margarina". No entanto, essa casa também tem um lado "sombrio". O quarto da criança, o banheiro, o espaço misterioso. São cômodos sem incidência de luz solar onde o casal fazia "A" cometer os assassinatos. E o local que dividia essa "luz" e essa "sombra" eram as duas portas que conectavam o quarto do segundo andar ao da criança.

SEGUNDO ANDAR

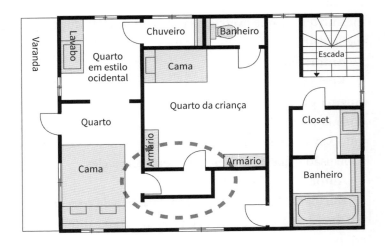

Kurihara: Quando vi esta planta baixa pela primeira vez, imaginei que o casal tinha decidido colocar as duas portas para ter certeza absoluta de que a criança não fugiria do quarto. No entanto, elas são inexistentes no quarto da criança em Saitama. Achei esquisito. Mas agora entendo o motivo. Essas portas duplas eram um **dispositivo para impedir que "A" se encontrasse com Hiroto-chan**. Por exemplo, quando os pais entravam no quarto da criança para levar a refeição de "A", se fosse uma porta única haveria a possibilidade de "A" ver Hiroto-chan. Com as duas portas, entretanto, não há com o que se preocupar.

Autor: "A" não sabia da existência de Hiroto-chan?

Kurihara: Bem, morando sob o mesmo teto, ele devia ouvir a voz do menino, então seria pouco provável ele não ter percebido algo. Mas não sei o que "A" sentiria ao ver o rosto de Hiroto-chan. Talvez ficasse enciumado porque o outro menino estava em uma situação totalmente oposta à dele e pudesse lhe fazer mal. O casal temia isso. Ao mesmo tempo que exerciam controle sobre "A", deviam ter medo dele.

Autor: Faz sentido.

Kurihara: Bem, sendo assim solucionamos também o enigma da cama de casal. Na casa de Saitama, cada um dormia numa cama de solteiro. Todavia, na casa de Tóquio havia uma cama de casal. Qual a diferença? Minha conclusão é que essa cama não pertencia a eles.

Autor: Como assim?

Kurihara: Acredito que a mãe dormia nela com Hiroto--chan. Com a cama ali, ela conseguia vigiar o quarto da criança enquanto cuidava do menino. Na pior das hipóteses, mesmo que "A" escapasse do quarto, ela poderia proteger Hiroto-chan. O fato de o "closet" ter uma visão ampla do quarto servia para a mãe vigiar o cômodo enquanto estivesse trocando de roupa.

Autor: Mas, sendo assim, o que o pai ficava fazendo?

Kurihara: Possivelmente vigiando toda a casa. O quarto no térreo. Ele era usado como quarto de hóspedes, mas também não seria onde o pai costumava dormir? Eles cometiam assassinatos com regularidade. Por outro lado, suas vidas também estavam ameaçadas. A função do pai devia ser, na minha opinião, "proteger seu castelo" para que nada de ruim acontecesse à mulher e ao filho.

SEGUNDO ANDAR

TÉRREO

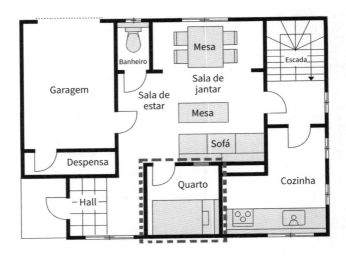

Autor: Mas, sendo assim, "A" estava sempre confinado dentro do quarto, não? Então, quem era a criança que o vizinho viu?

Kurihara: Talvez, nesse dia, tenha acontecido "alguma coisa". Pelo menos uma circunstância incomum e negativa para o casal. Falando nisso, o vizinho viu **uma criança de pé em frente à janela do quarto**, não foi?

Autor: Sim.

Kurihara: Ao lado da janela do quarto fica a cama. Se a disposição dos cômodos estiver correta, é impossível ficar "de pé em frente à janela". Na realidade, "A" estava sentado na cama. Sem saber que ali havia uma cama, o vizinho se enganou e afirmou que o menino estava "de pé em frente à janela". O que "A" fazia na cama onde a mãe e Hiroto-chan dormiam?

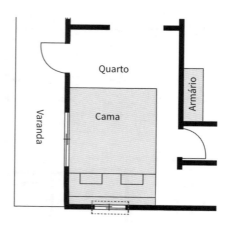

Autor: Será que ele atacou os dois?

Kurihara: Não faço ideia… porém a família se mudou logo depois. Há uma grande possibilidade de isso estar relacionado ao que aconteceu naquela noite.

SEGREDO

Kurihara: Ah, falando nisso, não está na sua hora? Você tem um compromisso, não?

Autor: Tenho. Combinei de me encontrar com Miyae às três.

Kurihara: Miyae? Para ser sincero, na semana passada eu pesquisei várias coisas sobre o caso de Kyoichi Miyae.

Kurihara pegou um caderno do chão e o folheou.

Kurihara: Procurando em jornais e notícias da internet da época, encontrei um monte de informações. Fiquei curioso com uma em particular. *Aparentemente, Kyoichi Miyae não tinha esposa.*

Autor: Quê?!

Kurihara: Veja isso.

O caderno que ele me entregou tinha vários recortes de artigos relacionados ao incidente. Um deles devia ser de um jornal local. E realmente estava escrito o seguinte:

"… a vítima, Kyoichi Miyae, nunca foi casada…"

Autor: Mas… ela disse claramente "meu marido"…

Kurihara: Existe a possibilidade de terem vivido juntos sem serem casados ou de terem sido noivos. Seja como for, é melhor não confiar cegamente nela.

Saí do apartamento à uma e meia. Ao se despedir de mim, Kurihara disse: "Se acontecer algo, entre em contato comigo."

Eu começo a caminhar rumo à estação, o suor escorrendo da minha testa. Não apenas por culpa do calor. Em minha cabeça, vários pensamentos se misturam.

Quem é a pessoa que estou indo encontrar, aquela que se autodenomina "Yuzuki Miyae"? Por que se aproximou de mim? Que relação ela tem com aquela casa? E o que será que ela "gostaria de me informar", conforme constava em sua mensagem?

Chego à estação. O trem expresso surge na plataforma. Devo mesmo ir encontrá-la?

Ainda confuso, às duas e quarenta e cinco chego ao café onde marcamos nosso encontro. Meu coração acelera. Sinceramente, estou inquieto. Ainda posso voltar atrás. Porém, se fizer isso, não saberei a verdade.

Eu me decido e abro a porta do café.

Olho ao redor. Ela está em um assento ao fundo. Ao me notar, se levanta e faz uma leve reverência com a cabeça. Eu me aproximo da mesa, tenso.

Depois de uma breve saudação, decido contar a ela a suposição de Kurihara, mas evito tocar naquele assunto sensível. Enquanto falo sobre as duas crianças, o amor do casal por Hiroto-chan e a verdade por trás da planta baixa, eu a observo.

No início, ela ouve e assente, mas, conforme a conversa avança, sinto que sua fisionomia se enrijece. Quando chego ao ponto em que a família se mudara da casa repentinamente, ela pede licença e se afasta do assento como se fosse fugir.

Estranho. Desde nosso encontro anterior, tenho essa vaga sensação. De que o sentimento que Miyae nutre em relação àquela família não é a raiva para com o autor de um crime.

"Eu quero que ele conte a verdade." Havia uma estranheza em suas palavras quando nos despedimos no encontro anterior.

Pouco depois, ela retorna.

Embora pareça calma, a região ao redor de seus olhos está avermelhada. Será que ela chorou?

Autor: Você está bem?

Miyae: Me perdoe...

Autor: Desculpe... sei que é indiscrição de minha parte, mas gostaria de lhe perguntar... que tipo de relacionamento você teve com Kyoichi Miyae? Há pouco li uma matéria relacionada ao incidente, dizendo que Koichi Miyae nunca foi casado.

Depois de um breve silêncio, ela suspira como se tivesse renunciado a algo.

Miyae: Então você sabe? Desculpe por ter tentado enganá-lo.

Autor: Então é verdade...

Miyae: Sim. Kyoichi Miyae não é meu marido. Meu nome verdadeiro é... **Yuzuki Katabuchi**. Sou **a irmã mais nova de Ayano Katabuchi**, uma das residentes daquela casa.

AS IRMÃS

Eu me vi incapaz de compreender a situação. A mulher diante de meus olhos é a irmã mais nova da moradora daquela casa.

Avisando que "seria um pouco longo", ela começou a narrar toda a história até ali.

Eu nasci em 1995, na província de Saitama. Meu pai era funcionário em uma empresa, minha mãe trabalhava meio período. Embora não fôssemos uma famí-

lia rica, não passávamos por dificuldades e até que levávamos uma vida com certo conforto.

Tenho uma irmã dois anos mais velha do que eu.

Ela se chama Ayano e era gentil, linda, meu orgulho. Ela me amava muito e eu também a adorava.

Porém, num verão, quando eu tinha dez anos, ela subitamente desapareceu de casa. Acordei certa manhã e ela não estava dormindo ao meu lado. Além disso, tudo relacionado a ela havia desaparecido: cama, escrivaninha, roupas... Surpresa, perguntei sobre aquilo para minha mãe, que anunciou apenas "**a partir de hoje, sua irmã deixou de ser nossa filha**", sem dar qualquer explicação.

Eu achei estranho. Como minha irmã poderia se tornar filha de outra pessoa? Em geral, isso é algo impossível, e mesmo eu, ainda criança, conseguia entender isso.

No entanto, meus pais se zangavam quando eu mencionava o nome dela. Na época, eu não tinha conhecimento ou força para tentar saber seu paradeiro e me vi obrigada a apenas aceitar.

Mesmo assim, não houve um dia sequer que eu não pensasse nela. Toda noite eu chorava na cama, solitária. "Se continuasse esperando, será que um dia minha irmã voltaria?", me perguntava. Essa expectativa me dava forças para seguir vivendo. No entanto, chegou uma hora em que eu não conseguia mais ficar de braços cruzados.

Desde o desaparecimento de minha irmã, minha família se desestruturou. Meu pai pediu demissão do emprego, se trancava no quarto e passou a beber...

em 2007, ele sofreu um acidente enquanto dirigia alcoolizado e faleceu.

Depois disso, minha mãe se casou com um homem chamado Kiyotsugu, mas ele era muito autoritário e eu não conseguia simpatizar com ele de jeito nenhum. Na época, eu passava por uma fase rebelde, e, embora me sentisse culpada por me opor a tudo, aos poucos a relação com minha mãe também foi se deteriorando. Saí de casa logo após me formar no ensino médio.

Graças à ajuda de um colega veterano, consegui emprego em uma empresa na mesma província, aluguei um apartamento ali por perto e comecei a viver sozinha.

Depois dos vinte anos, com minha vida estabilizada, eu pensava cada vez menos em minha família. Talvez fosse melhor dizer que eu tentava não pensar nela. Eu tinha muitas lembranças desagradáveis.

Porém, em outubro de 2016, recebi uma carta do nada.

Era de minha irmã.

Fiquei realmente surpresa, pois fazia muito tempo que não tinha notícias dela. Ela não devia saber meu endereço, então talvez minha mãe o tivesse informado.

Na carta, com sua saudosa caligrafia, ela dizia "senti sua falta todo esse tempo", "estou preocupada me perguntando se você está bem, Yuzuki" e "gostaria de poder me encontrar com você um dia".

Eu fiquei feliz por minha irmã estar viva e bem.

Pensei em responder de imediato, mas, como não havia o endereço de remetente, liguei para o número de celular que constava na carta.

A voz de minha irmã do outro lado da linha soava mais madura do que antes, mas o tom gentil e levemente anasalado permanecia o mesmo. De tão feliz, acabei conversando com ela por mais de uma hora nesse dia.

Fiquei sabendo que ela se casara havia pouco tempo e morava na província de Saitama.

Seu marido se chamava Keita e, ao se casar, optou pelo sobrenome de minha irmã, Katabuchi. Portanto, ela explicou que mesmo casada continuava se chamando "Ayano Katabuchi". Disse também que, no momento, certas circunstâncias a impediam de se encontrar comigo, mas que gostaria de me convidar para ir na casa dela algum dia.

Além disso, conversamos sobre diversos assuntos: os tempos de criança, bons amigos e coisas de que gostamos agora.

Porém... em relação àquilo... por mais que eu perguntasse sobre a razão de ter desaparecido de casa naquele dia, ela não me explicava de jeito nenhum. Por isso, continuei sem saber onde minha irmã esteve todo aquele tempo e o que ela fazia. Desde então, eu e minha irmã mantivemos contatos frequentes.

A verdade é que eu queria me encontrar pessoalmente com ela, mas, como ela tinha a família e havia circunstâncias que não podia me revelar, acabei me contendo. Mesmo assim, estava muito mais feliz do que quando não recebia notícias dela.

Contudo, quando um belo dia ela de repente anunciou que "seu filho tinha nascido", senti algo suspeito. Afinal, eu nem sabia que ela estava grávida.

Talvez por estar ocupada cuidando da criança, perdemos contato por um tempo. Eu fiquei triste, mas estava satisfeita por ela ter uma vida feliz.

Foi em maio deste ano, depois de muito tempo, que ela voltou a me contatar.

Ela me informou que se mudara para Tóquio com a família. E, para minha surpresa, minha irmã me convidou para ir à sua nova residência.

Depois de treze anos sem vê-la, apesar do semblante continuar o mesmo, ela havia se tornado uma linda mãe. Keita, seu marido, aparentava ser uma pessoa muito gentil, e Hiroto-chan, o filho, era uma fofura e se parecia muito com minha irmã. Então, aos meus olhos, aquela era uma família ideal. Mas, quando penso agora, havia várias coisas esquisitas.

"Estamos reformando a escada, então não dá para ir ao andar de cima", ela me informou. Achei estranho uma construção nova precisar de reforma.

Além disso... não sei bem como explicar, mas senti que o casal parecia nervoso, como se estivesse com medo de algo. Até hoje me arrependo de não ter dado a devida importância àquela sensação desconfortável que tive na época.

Dois meses após eu ter visitado a casa de Tóquio, voltei a perder contato com minha irmã.

Por mais que telefonasse, a ligação não completava e ela não lia as mensagens que eu enviava pelo celular. Preocupada com a possibilidade de algo ter acontecido, fui até a casa dela. Estava vazia. Os vizinhos me informaram que, algumas semanas antes, eles haviam se mudado dali.

Minha irmã talvez estivesse com algum problema grave... tive esse pressentimento. Pensando bem, ela vinha se comportando de forma estranha havia um bom tempo. O fato de morarmos perto, mas não nos encontrarmos. As várias vezes que perdemos contato. A mudança súbita. Alguma coisa estava acontecendo com ela. Eu precisava fazer algo.

Primeiro, fui ver minha mãe, com quem tinha cortado relações havia tempos. Acreditava que ela saberia do paradeiro de minha irmã. Mas ela foi relutante e não me contou nada.

Consultei também a polícia, mas eles se recusaram a abrir uma ocorrência, tratando o caso como uma mera mudança de residência. Também não tive sucesso com a imobiliária, que alegou não poder divulgar informações pessoais.

Sendo assim, minha derradeira esperança era a casa de Saitama, onde minha irmã havia residido. Teria a família voltado para a casa anterior? Para ser sincera, imaginei que fosse uma possibilidade remota, mas não me ocorria nenhuma outra ideia.

Decidi procurar pela casa me valendo da primeira carta que recebi dela.

Apesar de não constar o endereço de remetente, havia o nome da agência dos correios no carimbo de postagem. Isso significava que a casa devia ser próxima dali. Da última vez que nos vimos, minha irmã tinha declarado que "a casa anterior fora colocada à venda". Pela pesquisa que fiz, havia apenas uma casa que tinha sido colocada à venda naquela área. Com o endereço, fui ao local, mas só havia um terreno baldio.

Quando eu estava me sentindo perdida, sem ter nenhuma pista, esbarrei no seu artigo.

No instante em que vi aquela planta baixa, parecia que meu coração ia parar de bater. Aquela era sem dúvida a casa de minha irmã.

E no final do artigo havia a frase "a mão esquerda da vítima não foi encontrada". Eu já tinha ouvido uma história parecida.

O incidente com Kyoichi Miyae. Eu tinha visto só uma vez na internet, mas o fato de a mão ter sido cortada era bem assustador e me impressionou.

Ao pesquisar, descobri que a casa de Miyae ficava próxima à de minha irmã. E tive um péssimo pressentimento.

E se o que estava escrito no artigo fosse verdade?

Se eu mostrasse ao autor do artigo a planta baixa da casa em Saitama, ele conseguiria descobrir algo? Pensando nisso, eu contatei você.

Todavia, achei que, se eu me apresentasse como a "irmã mais nova da residente da casa", com certeza você suspeitaria de mim e não aceitaria se encontrar comigo. Ao mesmo tempo, se eu fingisse ser alguém sem qualquer relação com os acontecimentos, você acharia que era uma brincadeira... foi assim que decidi me apresentar como esposa de Kyoichi Miyae.

Sei que fiz algo realmente deplorável. Peço que perdoe minha atitude.

Ela se desculpou repetidas vezes, com a voz trêmula.

Autor: Erga a cabeça, por favor. Sabe, Katabuchi... estou ciente de que escrevi aquele artigo movido pela curiosidade. Se houver algo que eu possa fazer para ajudar, pode contar comigo.

Katabuchi: Muito obrigada.

PRESSÁGIO

Autor: No entanto, ouvindo a história agora, sinto que o início de tudo foi o desaparecimento de sua irmã mais velha na infância. Se ela apenas tivesse desaparecido, poderia ser um caso de sequestro ou fuga de casa, mas o fato de seus pais simplesmente aceitarem calados é um pouco fora do normal.

Katabuchi: Concordo plenamente.

Autor: Antes de sua irmã desaparecer, você não notou nenhum sinal, nenhuma anormalidade? Por exemplo, algo estranho no comportamento da família?

Katabuchi: Bem... não sei se teria relação, mas uma semana antes nós nos hospedamos na casa de meu avô. E na época...

Autor: Aconteceu alguma coisa?

Katabuchi: Sim... na realidade, meu primo morreu em um acidente. Mas isso... eu não conseguia deixar de pensar que não foi algo natural. Porque...

Nesse momento, o garçom veio retirar os copos vazios e Katabuchi interrompeu o raciocínio. Meu celular vibrou no bolso. Quando olhei, era uma mensagem de Kurihara.

"Está tudo bem? Quando terminar, me conte o que conversaram."

Isso me deu uma ideia.

Autor: Desculpe, mas você não gostaria de se encontrar com Kurihara agora? Se contar sua história, talvez ele encontre algumas pistas.

Katabuchi: Não teria problema? Se não for um transtorno, gostaria de encontrá-lo, sim.

Ao sair do café, liguei para Kurihara para perguntar se podíamos ir vê-lo. Ele aceitou na mesma hora, mas, dizendo que "não cai bem chamar uma mulher para um apartamento imundo como o meu", indicou um local para o encontro. E nós fomos até lá.

ESPAÇO PARA LOCAÇÃO

O local do encontro era um prédio em frente à estação de Shimokitazawa. "Temos espaços para locação", dizia a placa.

Alguns minutos após chegarmos, Kurihara aparece, mais bem-arrumado do que o normal. Nós três trocamos cumprimentos, e ele parece um pouco desconfiado em relação a Katabuchi. É natural que esteja apreensivo, no entanto. Afinal, ele ainda não sabe o motivo de ela ter mentido. Deve ser por isso que ele evitou que ela fosse à sua casa.

Após concluirmos as formalidades no balcão de atendimento do edifício, somos levados a uma sala de reunião alugada no terceiro andar. Sentamos os três ao redor de uma mesa. Primeiro, era preciso colocar Kurihara a par do desenrolar dos acontecimentos até ali.

Dou a ele uma visão geral, e Katabuchi complementa. Kurihara ouve, fazendo anotações.

Kurihara: Entendi... então foi isso.

Katabuchi: Peço desculpas por ter tentado enganá-lo.

Kurihara: Não se preocupe. Mas agora me sinto mais aliviado. Você não é "Miyae", mas "Katabuchi", correto?

Katabuchi: Correto.

Kurihara: Então, poderia nos dizer o que aconteceu na casa do seu avô?

Katabuchi: Claro.

2006: Primo morre acidentalmente (?) na casa dos avós.

Irmã mais velha desaparece.

2007: Pai morre em acidente de carro enquanto dirigia bêbado.

Mãe se casa de novo.

2014: Yuzuki se torna independente.

2016: Carta da irmã mais velha.

2017: Irmã mais velha tem um filho, Hiroto.

2018: Família da irmã mais velha se muda para Tóquio.

2019: Yuzuki visita a casa da irmã.

Família da irmã desaparece.

CAPÍTULO 3

PLANTA BAIXA DA MEMÓRIA

CASAS SIMÉTRICAS

Katabuchi: Foi em agosto de 2006. Minha família foi visitar meus avós paternos, que moram na província de XX (dados omitidos em virtude das circunstâncias), e acabamos dormindo lá. É uma casa antiga e isolada que fica em um amplo terreno na encosta de uma montanha. No entorno há algumas pensões, mas praticamente ninguém morava por ali. Era costume voltarmos para a cidade natal de meu pai todos os anos, mas nunca gostei de ir, porque a casa era muito assustadora. É difícil explicar apenas em palavras, por isso vou mostrar a planta baixa para vocês.

Katabuchi abriu a bolsa e pegou uma folha de papel. Era o esboço de uma planta baixa feito a lápis.

Autor: Foi você quem desenhou?

Katabuchi: Sim. Pesquisei como fazer plantas de casas e coloquei no papel, a partir de minhas memórias de infância. O tamanho dos cômodos é aproximado e, como sou amadora, não está lá essas coisas.

Katabuchi parecia um pouco envergonhada. Kurihara pegou o papel e o examinou atentamente.

Kurihara: Não, está bem desenhado. Você conseguiu se lembrar bem.

Katabuchi: Minha memória não é das melhores, mas a disposição bem peculiar dessa casa ficou gravada na minha cabeça.

A casa era simétrica, com um longo corredor central, realmente bastante peculiar. A bem da verdade, havia uma razão para esse formato, mas ela será elucidada posteriormente. Olhando para o desenho, Katabuchi começou a explicar o interior, aparentando reconstituir suas memórias.

Katabuchi: Do hall de entrada se estendia um corredor longo e mal iluminado e, ao fundo, dava para ver um grande altar budista. Antes dos quartos no estilo japonês com tatames, havia a despensa, os banheiros e a cozinha. A sala de estar era o cômodo onde todos se reuniam para comer, à esquerda. Ligada a ela ficava o quarto dos meus avós. Meu avô se chama Shigeharu, e minha avó, Fumino. Eles passavam a maior parte do dia nesse quarto. Do lado direito, havia quatro quartos, cada um com cerca de seis tatames, algo em torno de dez metros quadrados. Eu numerei aleatoriamente os quartos para facilitar a explicação. O quarto ① era usado por meu pai, e no ③ dormíamos eu, minha irmã e minha mãe. O quarto ② estava vazio, e minha tia Misaki e seu filho, Yo-chan, ocupavam o ④.

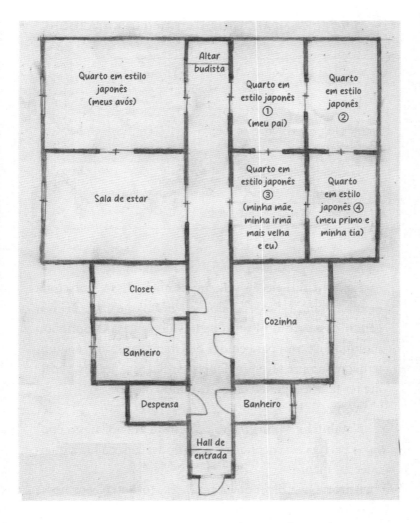

Autor: Esse menino que você chamou de Yo-chan seria o primo que morreu no acidente?

Katabuchi: Isso mesmo. Era três anos mais novo do que eu. O nome dele era "Yoichi".

Achei estranho que não houvesse no desenho o quarto do pai do garoto.

ÁRVORE GENEALÓGICA DA FAMÍLIA KATABUCHI

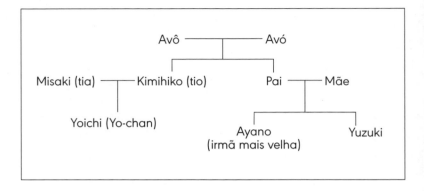

Autor: A propósito, e o pai de Yo-chan?

Katabuchi: Faleceu seis meses antes disso, por conta de uma doença. Ele se chamava Kimihiko e era o primogênito dessa casa. Mesmo depois de se casar, continuou morando na casa para cuidar dos meus avós, mas aparentemente sempre teve problemas cardíacos... foi uma lástima ter falecido pouco antes de o filho nascer.

Autor: Filho?

Katabuchi: Minha tia Misaki estava grávida nessa época. A barriga estava enorme e ela poderia dar à luz a qualquer momento.

Autor: Quer dizer que a criança se tornou basicamente uma lembrança inesquecível de Kimihiko?

Katabuchi: Pois é. A morte do marido foi um golpe muito duro para minha tia durante a gravidez. E logo depois aconteceu aquilo com Yo-chan...

Seis meses após a morte do pai, o primogênito morreu em um acidente. Mesmo que fosse mera coincidência, para mim havia alguma relação causal naquilo.

Nesse momento, Kurihara indicou algo.

Kurihara: Katabuchi. O quarto de Yo-chan não tinha janelas?

Autor: O quê?

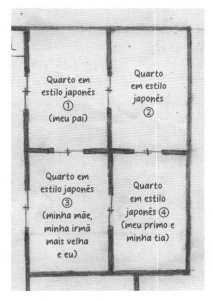

Analisando a planta, realmente, no quarto ④ não há o símbolo de janela desenhado. E não é só isso.

Autor: Nenhum dos quatro quartos do lado direito tem janelas.

Katabuchi: Sim. Eu me lembrei disso quando estava desenhando. Pensando bem, mesmo durante o dia os quartos ficavam um breu se as luzes fossem apagadas. Quando eu era criança, não achava isso estranho, e tinha até me esquecido.

Kurihara: Quando falamos de "quartos sem janelas", não consigo deixar de associar àquelas **duas casas**. Será que tem alguma relação?

Katabuchi: Eu também pensei nisso. Mas, por mais que reflita, além da ausência de janelas, não havia mais nada estranho... aberturas, espaços fechados, nem sinal de alguém preso. Só que...

Kurihara: Só que...?

Katabuchi: Apenas em um local havia **uma porta deslizante que não abria**.

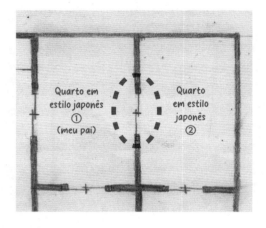

Katabuchi apontou para o espaço entre os quartos ① e ②.

Katabuchi: Só essa porta não abria, por mais que a gente puxasse. Pensei que estivesse trancada, mas não encontrei um buraco de fechadura em lugar algum.

Autor: E as outras portas deslizantes?

Katabuchi: Conseguia abrir todas as demais sem nenhum problema.

Autor: Então você nunca foi impedida de entrar em algum dos quartos?

Katabuchi: Não. Porém, para entrar no quarto ②, era preciso atravessar os quartos ③ e ④ e, justamente pela inconveniência, aparentemente o quarto ② não era usado há muito tempo.

Kurihara: "Há muito tempo" significa que essa porta deslizante nunca foi aberta?

Katabuchi: Parece que sim. No entanto, como a casa era bastante antiga, não sei bem desde quando.

Autor: Já que comentou, você sabe quando essa casa foi construída?

Katabuchi: Ouvi dizer que foi no início da era Showa, ou seja, por volta de 1930.

Autor: Essa casa tem história, né?

Katabuchi: Tem... na verdade, ela era originalmente parte de uma mansão.

Autor: Uma mansão?!

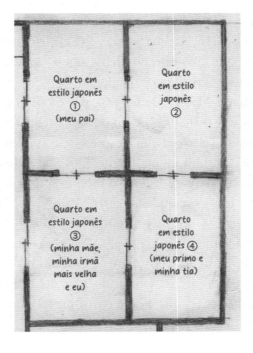

"Vou fazer uma pequena digressão", avisou Katabuchi, e começou a contar as circunstâncias que levaram à construção daquela casa.

Katabuchi: Meu avô me falou que a família Katabuchi fez fortuna atuando em diversos negócios antes da guerra, e no seu apogeu era próspera a ponto de contratar inúmeros criados para sua enorme mansão. No entanto, dizem que em determinada geração o chefe da família cedeu os direitos de operação dos negócios a um terceiro, construiu em um canto do terreno uma edícula e se enfurnou ali. Depois disso, a família decaiu aos poucos, e, por volta de meados da era Showa, a mansão havia sido quase toda demolida. Ouvi dizer que, a partir daí, os descendentes da família Katabuchi reformaram a edícula, a única parcela que lhes restou da propriedade, onde passaram a viver modestamente.

Autor: Essa edícula é a casa de agora?

Katabuchi: É. Ao que parece, o chefe da família estava obcecado por uma estranha religião, e a simetria da casa se deve aos ensinamentos religiosos.

Kurihara: Mas o que fez essa pessoa se enfurnar em uma casa e se tornar obcecado por uma religião?

Katabuchi: Parece que a esposa dele faleceu jovem, e isso o deixou mal mentalmente. Talvez a edícula tenha sido construída para honrar a memória da falecida. No fundo há um altar budista, certo? Pelo visto, foi consagrado à esposa. Tinha a mesma largura do corredor e cabia perfeitamente nesse local. Não sei se construíram o altar já levando em consideração as medidas da casa ou se construíram a casa ajustando-a às medidas do altar, mas sempre achei que a casa em si parecia uma imensa capela budista.

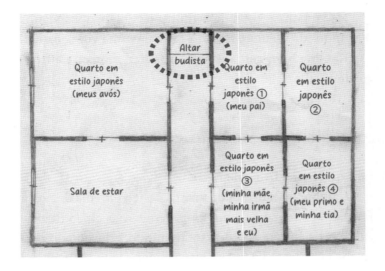

Uma imensa capela budista... realmente, o altar ficava posicionado bem no centro, como se fosse o grande destaque da casa.

Katabuchi: Eu não gostava de ir à casa do meu avô porque tinha medo desse altar budista. Ele era assustador. Tão alto que era necessário levantar os olhos para vê-lo, e tinha um brilho preto estranho que dava a impressão de que aquele era um objeto destoante, que não se encaixava no interior da casa. Apesar de meu avô ter problemas nas pernas e passar boa parte do tempo acamado, não deixava de cuidar diariamente do altar. Em certa ocasião, ele pediu minha ajuda para limpá-lo, e então, pela primeira vez, eu vislumbrei seu "interior". Atrás da porta da deusa Kannon, que em geral permanecia fechada, havia utensílios budistas e uma grande gravura com padrão de mandala que era bastante assustadora, pelo que me lembro. Inclusive...

Nesse ponto, Katabuchi titubeou. Então, após alguns segundos de silêncio, voltou a falar, em uma voz soturna.

Katabuchi: A verdade é que **Yo-chan morreu na frente desse altar**.

O LOCAL DA MORTE DE YO-CHAN

Autor: Na frente do altar?

Katabuchi: Sim. Foi na manhã do terceiro dia de nossa visita. Se não me engano, foi por volta das cinco da manhã. A tia Misaki acordou todo mundo, estava meio perturbada. Assim que fui para o corredor, como ela pediu, vi que Yo-chan estava caído de costas em frente ao altar. O rosto dele estava lívido, e havia sangue escuro coagulado na cabeça. Quando toquei no corpo dele, estava gelado... e entendi intuitivamente que meu primo estava morto. Depois disso, o médico da família chegou e recebemos o diagnóstico oficial da morte. Até hoje tenho gravada na mente a figura da tia Misaki, que desatou a chorar, dizendo "eu deveria ter percebido antes".

Autor: Pelas circunstâncias, Yo-chan morreu ao cair do altar... seria isso?

Katabuchi: Parece que sim. Todos na família diziam a mesma coisa: "Ele estava fazendo uma travessura e, quando tentou subir no altar, pisou em falso e acabou caindo." Mas, para mim, não parecia natural. Até porque a altura do altar não permitiria que uma criança subisse por conta própria.

Katabuchi fez um desenho a lápis na margem da planta baixa.

Katabuchi: Se eu não estiver enganada, a altura da parte central devia ser superior a um metro, porque batia no meu ombro, na época. Não havia nenhum local ali para apoiar os pés, e eu mesma nunca conseguiria subir nele. Yo-chan era mais baixo do que eu e não fazia muito exercício físico, por isso, a meu ver, dificilmente conseguiria escalar o altar.

Autor: Entendi.

Katabuchi: Fora isso, Yo-chan tinha pavor do altar budista. Eu também, mas o medo dele era um pouco fora do comum. Tanto que, quando ia para o corredor, nem olhava para aquela direção. É difícil imaginar que ele tenha tentado subir ali por vontade própria.

Kurihara: Ninguém na família comentou sobre isso?

Katabuchi: Não. Era como se ninguém duvidasse de ter sido um acidente. Pelo contrário, quando eu tentava comentar o que havia percebido, eles se enfureciam e diziam: "Crianças não devem se meter." Simplesmente não me ouviam.

Kurihara: A propósito, o que o médico disse?

Katabuchi: Não me lembro dos detalhes, mas, se não me engano, ele declarou que Yo-chan tinha batido a cabeça e sofrido uma lesão no cérebro.

Autor: Ou seja, uma contusão cerebral.

Kurihara: Havia algo que poderia levar a suspeitas sobre a causa da morte?

Katabuchi: Ele não comentou nada com a gente. Mas esse médico era idoso, andava com dificuldade e tinha a fala um pouco confusa... para ser bem sincera, não sei até que ponto ele era confiável.

Kurihara: E a polícia?

Katabuchi: Não apareceu. A tia Misaki sugeriu chamar os policiais em um momento para que investigassem a cena, mas todos se opuseram, e no final ela meio que desistiu. Talvez apenas ela tenha estranhado a causa da morte de Yo-chan.

Autor: Mesmo no caso de um acidente doméstico, é comum chamar a polícia quando alguém morre. Por que todos se opuseram?

Katabuchi: Não sei... no entanto, de alguma forma, a família inteira parecia esconder algo. Eu senti essa atmosfera na época.

Kurihara: Será que havia algum motivo para que eles tivessem problemas caso a polícia fosse acionada e entrasse na casa?

Katabuchi: ...

Autor: ...

Embora nenhum dos três tivesse dito, era perceptível que todos nós estávamos pensando **naquela possibilidade**. Que podia não ter sido uma morte acidental, e sim suicídio ou **assassinato**. Segundo a história que Katabuchi contara, a família estava agindo de uma forma um tanto estranha. Seria para acobertar alguém? Mas quem? E por qual motivo?

O MISTÉRIO DOS HORÁRIOS

Kurihara: Sem poder confiar no médico e sem uma perícia do local do acidente, as pistas que temos são baseadas somente nas suas lembranças, correto? Pode nos contar sobre a véspera do dia em que Yo-chan morreu?
Katabuchi: Sim. Naquele dia, de manhã, fomos todos visitar o túmulo do tio Kimihiko. Quer dizer, nem todos, porque meu avô ficou sozinho em casa. Na volta, fizemos compras e fomos a um parque, então acabamos retornando somente no fim da tarde. Depois disso, jantamos e tomamos banho. E aí fomos para os quartos. Eu, minha irmã e Yo-chan ficamos jogando um jogo no quarto ③. Yo-chan começou a ficar com sono e voltou para o quarto dele pouco depois. Pensando bem, essa foi a última vez que eu o vi com vida.

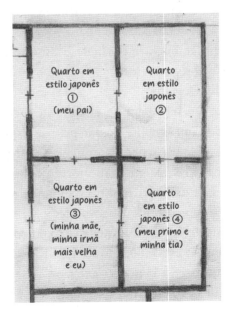

Kurihara: Você se lembra mais ou menos que horas foi isso?

Katabuchi: Acho que... Na TV estava passando o telejornal noturno da NHK, então devia ser um pouco antes das nove. Depois disso, continuei jogando com minha irmã por meia hora, e, quando nossa mãe nos avisou que estava na hora de dormir, fomos deitar a contragosto. Minha irmã logo pegou no sono, mas eu estava estranhamente desperta, não conseguia pregar o olho. Então fiquei acordada debaixo das cobertas até umas quatro horas da manhã.

Kurihara: Nesse meio-tempo, nada de anormal aconteceu? Por exemplo, alguém entrou no quarto ou algo assim?

Katabuchi: Não, enquanto eu estava acordada nada aconteceu.

Kurihara: É mesmo...?

Depois de pensar um pouco, Kurihara apontou com a caneta para a planta baixa.

Kurihara: Katabuchi, a porta deslizante entre os quartos ① e ② não abre, correto?

Katabuchi: Correto.

Kurihara: Ou seja, para Yo-chan ir até o corredor, ele teria que obrigatoriamente passar pelo seu quarto. Mas, enquanto você estava acordada, ninguém entrou no quarto. Em outras palavras, Yo-chan morreu depois que você dormiu, a partir das quatro horas da manhã. O corpo foi encontrado às cinco horas, logo podemos afirmar que o horário da morte foi entre as quatro e as cinco.

Senti que algo estava errado no que Kurihara dissera. Parecia contradizer a conversa anterior. Baseado no que fora dito alguns minutos antes, algo me veio à mente.

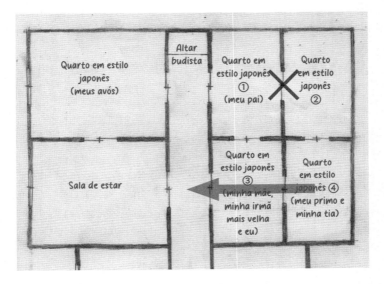

Autor: Desculpe, Katabuchi. Você disse que, quando encontrou Yo-chan, ao tocar o corpo dele, seu primo estava gelado, não foi?

Katabuchi: Sim.

Autor: Certa vez entrevistei um cirurgião, e ele comentou que o corpo humano leva um tempo para esfriar após a morte. Segundo ele, salvo quando há hemorragia substancial, em geral o calor corpóreo permanece por cerca de duas horas. Yo-chan sangrou muito?

Katabuchi: Saiu um pouco de sangue do ferimento na cabeça, mas não muito... Mas, hum... Então isso significa que...

Autor: Yo-chan morreu mais de duas horas antes do corpo ser encontrado, ou seja, antes das três da manhã.

Katabuchi: Mas...

Kurihara: É contraditório, porque nesse horário era para Yo-chan estar no quarto.

Faixa de horário
estimada da morte

Por volta das 21h:
Yo-chan vai dormir

Por volta das 21h30:
Irmã mais velha vai dormir

Por volta das 3h

Faixa de horário da
provável transferência

Por volta das 4h:
Katabuchi dorme

Por volta das 5h:
O corpo de Yo-chan
é achado

Yo-chan supostamente teria ido até o corredor onde fica o altar sem passar pelo quarto da prima Katabuchi. Mas como? Ficamos pensando por um tempo, olhando para a planta baixa.

Kurihara: Existe uma única possibilidade.

Katabuchi: Qual?

Kurihara: Se pensarmos que Yo-chan morreu quando caiu do altar, surge uma contradição temporal. Mas e se ele tiver morrido **no quarto**?

Autor: No quarto?

Kurihara: Antes das três, quando estava no próprio quarto, Yo-chan bateu a cabeça e morreu. E, a partir das quatro da manhã, alguém carregou seu corpo até o altar. Se for isso, tudo faz sentido.

Autor: Sem dúvida, mas... quem faria algo do tipo? E por quê?

Kurihara: Possivelmente *o culpado queria disfarçar a causa da morte.*

O culpado... isso significava que...

Autor: Então, você sugere que não foi um acidente, mas um assassinato?

Kurihara: Não dá para provar, mas é a única possibilidade. O criminoso bateu na cabeça de Yo-chan com um objeto contundente e o matou no quarto ④. Ele o deixou desse jeito e, entre as quatro e cinco horas, colocou o corpo diante do altar para parecer que ele tinha sofrido uma queda.

Katabuchi: Faz sentido...

Kurihara: Bem, isso é o que eu gostaria de dizer, mas tem uma coisa...

Autor: O quê?

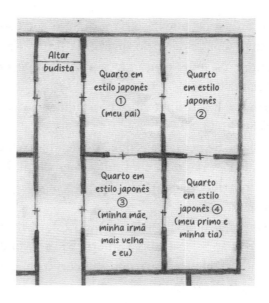

Kurihara: Apesar de eu ter sugerido isso, essa suposição não é perfeita. Há **duas falhas** nela. Em primeiro lugar, o criminoso. Segundo essa lógica, ele seria a pessoa que estava no mesmo quarto de Yo-chan, a tia Misaki. Embora não se possa afirmar categoricamente que "por ser a mãe, ela não faria isso", a tia foi a única na família que quis chamar a polícia, portanto a probabilidade de ser ela é mínima. E outra falha é a questão do som. Se Yo-chan foi espancado no quarto até a morte, você, Katabuchi, que estava no quarto ao lado, com certeza teria ouvido. Você ouviu algum barulho do tipo?

Katabuchi: Não, estava fazendo silêncio o tempo todo.

Autor: Isso significa que...

Kurihara: Yo-chan não foi morto no quarto. Minha suposição não está de todo correta. Porém, acredito que não esteja errado quanto ao fato de o **criminoso ter deixado o**

corpo na frente do altar para disfarçar a causa da morte.
Em resumo, minha teoria é de que o criminoso levou Yo-
-chan do quarto e o matou em algum outro lugar da casa.
Depois, colocou o corpo em frente ao altar. O problema é de
que forma ele o tirou do quarto e onde ele o matou.
Nesse momento, Katabuchi pareceu se lembrar de algo.
Katabuchi: Pensando bem... minha avó disse que ouviu um barulho de madrugada.
Autor: Um barulho?

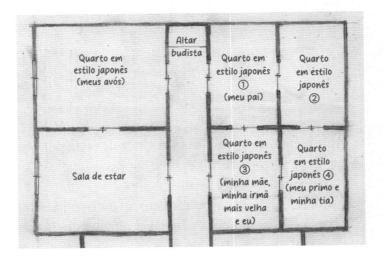

Katabuchi: Sim. Ela acordou por volta de uma da manhã com o som de uma pancada vindo do quarto do lado. Foi verificar, mas não havia nada de anormal. Ela disse que *não havia ninguém ao lado do altar*. E como não havia ninguém ali, ela não acreditava que tivesse relação com o acidente de Yo-chan e por isso não deu importância.
Kurihara: O "quarto do lado" seria a sala de estar?
Katabuchi: Provavelmente.

Algo nas palavras da avó me pareceu estranho. Por que seria? Olhei o desenho. **Uma parte dele** me chamou a atenção.

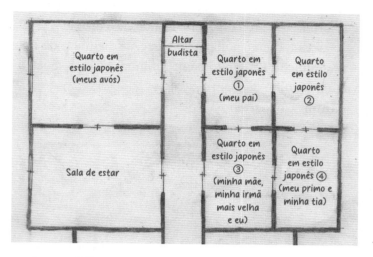

Autor: Olhe, se sua avó ia para a sala de estar, por que ela passou pelo corredor?

Katabuchi: Hã?

Autor: Quando sua avó foi ao quarto do lado para verificar, ela confirmou que "não havia ninguém perto do altar", certo? Ou seja, ela saiu para o corredor em algum momento. Entre o quarto de sua avó e a sala de estar existe uma porta deslizante. Como era possível ir diretamente do quarto para a sala, me parece esquisito ela ter passado de propósito pelo corredor.

Katabuchi: Tem razão... então, o "quarto do lado" seria o quarto em estilo japonês do lado direito da casa?

Autor: Se for isso, seria o quarto ①, onde seu pai dormia. Se fosse o caso, seu pai provavelmente teria dito algo em resposta ao comentário de sua avó.

Katabuchi: É mesmo.

Autor: Kurihara... o que você acha?

Kurihara observava calado a planta baixa, como se a encarasse. Pouco depois, calmamente se pronunciou.

Kurihara: Você percebeu algo importante. E está certo. O "quarto do lado" não indica nem a sala de estar, nem o quarto em estilo japonês do lado direito.

Katabuchi: Mas, fora esses, não existe nenhum outro cômodo nessa casa que poderia ser chamado de "quarto do lado".

Kurihara: Será que não existe um que não está desenhado nesta planta baixa?

Katabuchi: Como assim?

O QUARTO OCULTO

Autor: Peraí, o que você quer dizer exatamente com "não está desenhado"?

Kurihara: Este desenho nada mais é do que uma planta baixa baseada na memória de Katabuchi. Poderia haver um **quarto oculto** que Katabuchi não conseguia ver e, portanto, não está incluído nele.

Autor: Um quarto oculto nessa casa?

Kurihara: Se juntarmos tudo o que foi dito até agora, é a única conclusão a que consigo chegar.

Com o lápis, Kurihara acrescentou uma linha à planta baixa.

Autor: Isso é...

Kurihara: Não poderia haver um quarto vizinho ao de sua avó, separado por uma parede?

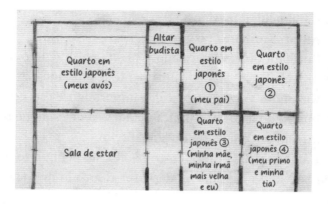

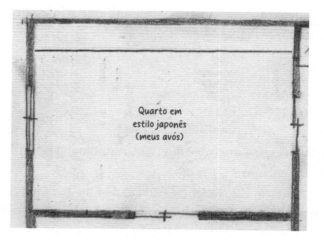

Autor: Assim com certeza teria um "quarto do lado", mas por que nesse lugar?

Kurihara: É simples. Em um quarto quadrado, existem apenas quatro "quartos ao lado". A leste, oeste, sul e norte. No quarto dos avós, há portas deslizantes ou janela em todos os pontos cardeais, menos em um. Se existe um quarto oculto, ele só poderia estar nesse local onde não há portas deslizantes ou janela.

Autor: Mas o que seria esse quarto?

Katabuchi: Um quarto de confinamento...
Autor: Hein?
Katabuchi: Se essa casa foi construída com o **mesmo objetivo** das casas de Tóquio e Saitama, deve existir um quarto de confinamento.
Kurihara: Concordo. E uma criança ficava trancada nele, nas mesmas condições de "A".

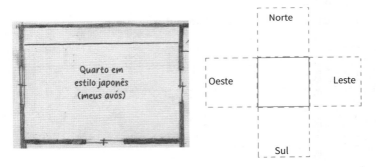

"A"... uma criança criada com o propósito exclusivo de matar. Ou seja, essa casa também... pensando assim, é natural conectar Yo-chan a Hiroto-chan.
Autor: Você não está sugerindo que essa criança matou Yo-chan, está?
Kurihara: Não, essa probabilidade é remota. É difícil imaginar essa criança confinada fugindo do quarto, matando Yo-chan e colocando seu corpo sem vida em frente ao altar... A meu ver, provavelmente alguém, por algum motivo que ainda não sabemos, levou Yo-chan até o quarto de confinamento, onde o matou.
Autor: Mas de que forma seria possível entrar e sair desse quarto?
Kurihara: Para ir ao "quarto do lado", a avó saiu primeiro para o corredor. Ou seja, a entrada do quarto está

em algum lugar no corredor. E nele só há um local contíguo ao quarto oculto. **O altar budista**.
Katabuchi: Hein?!
Kurihara: Katabuchi, você disse há pouco que o altar budista "tinha a mesma largura do corredor e cabia perfeitamente nesse local", certo? Será que esse altar não foi construído para ser desta forma?
Kurihara fez uma alteração na planta baixa.
Autor: Um vão... atrás do altar?

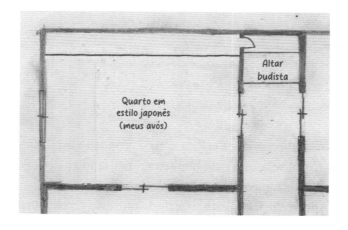

Kurihara: A porta de entrada para o quarto oculto ficaria escondida pelo altar. O altar era "tão alto que era necessário levantar os olhos para vê-lo", não é? Como na época você era criança, não conseguia ver o vão na parte traseira do altar, Katabuchi.
Katabuchi: Mas como seria possível acessar a entrada? Minha avó não conseguiria de jeito nenhum subir no altar e passar para o outro lado.
Kurihara: Dentro do altar havia uma grande gravura com padrão de mandala, certo? Não poderia existir uma

porta escondida atrás dela? Passando por ela e indo para trás do altar, seria possível acessar o quarto de confinamento. E quem conhecia essa estrutura levou Yo-chan para esse lugar e o espancou até a morte.

Autor: Por que intencionalmente neste lugar?

Kurihara: O motivo disso é justamente a chave para desvendarmos o mistério desse acidente e dessa casa.

A VERDADEIRA FACE

Kurihara: Vamos colocar essas ideias em ordem. Por volta de uma da madrugada, o criminoso leva Yo-chan do quarto enquanto ele dorme. A questão é como ele acessou o quarto ④ sem ter atravessado o quarto ③. O criminoso utilizou a estrutura da casa. A estrutura da casa... ou seja, a estrutura de uma **casa para assassinatos**. Nas casas de Tóquio e de Saitama, havia uma ligação entre o quarto de confinamento e o local dos assassinatos. Uma rota alternativa. Também nessa casa havia algo idêntico. Então, onde fica a "cena do crime" nela? Katabuchi, o quarto ② não era mesmo usado?

Katabuchi: Não.

Kurihara: Isso me deixa curioso. Yo-chan e sua tia viviam no quarto ④. Como Yo-chan já era grandinho, eles poderiam ter transformado o quarto ② num quarto de estudos ou de lazer. Mas, por algum motivo, o cômodo estava vazio. Isso porque ele foi criado com **um propósito específico**. Esse quarto era possivelmente igual ao banheiro nas casas de Saitama e Tóquio, ou seja, um local para assassinatos. Se for isso, como de costume, deve haver uma passagem alternativa ligando o quarto de confinamento a esse quarto. É claro que não consta nesta planta baixa. Porém, é fácil adivinhar.

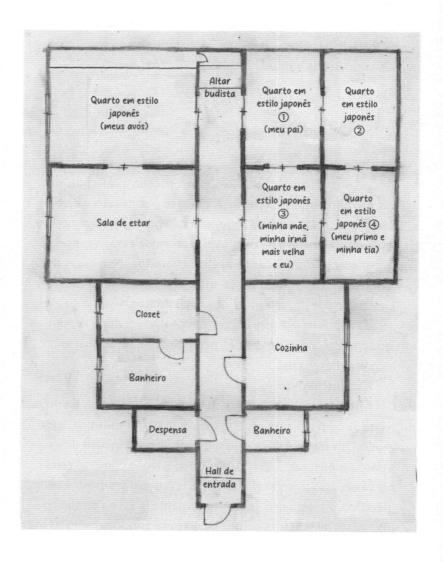

Kurihara passou o lápis pelo papel.

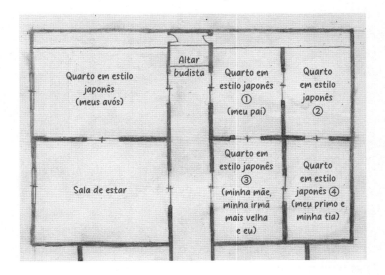

Kurihara: É assim. Atrás do altar há um espaço em ambos os lados. No lado esquerdo fica o quarto de confinamento. E no lado direito há a passagem que se conecta ao local para assassinatos. O criminoso atravessa essa passagem, passa pelo quarto ② e entra no quarto de Yo-chan.

Katabuchi: Mas, como ele faria para entrar no quarto ② a partir dessa passagem? No quarto ② não havia uma porta ou algo parecido, nem algo que a escondesse!

Kurihara: Talvez a porta estivesse dissimulada de **alguma maneira**.

Com o lápis, Kurihara aponta para a "porta deslizante que não abria".

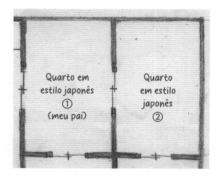

Kurihara: Essa porta deslizante realmente não abria? Ela não estaria trancada **por dentro**?

Katabuchi: Por dentro?

Kurihara: Katabuchi, desculpe por mexer várias vezes na planta baixa que você teve o trabalho de fazer. Esta vai ser a última mudança.

Dizendo isso, Kurihara alterou o desenho da porta deslizante que não abria da seguinte forma:

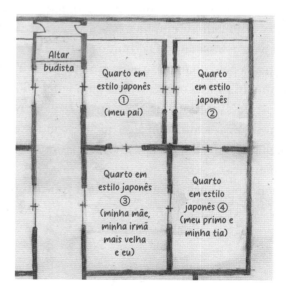

Kurihara: Essa é a verdadeira face desta casa. A porta deslizante era formada por dois conjuntos com um pequeno espaço entre eles. Havia uma tranca no lado interno dela. De fora, aparentava ser apenas uma porta de correr que não abria. Você foi ludibriada por essa artimanha, Katabuchi!

Katabuchi: ...!

Kurihara: Vamos tentar imaginar o que acontecia nessa casa. Os residentes convidavam o alvo para a casa e o conduziam até o quarto ②. Esperavam o momento certo para dar o sinal à criança no quarto de confinamento. Ela atravessava a passagem e ia até o espaço entre as portas deslizantes. Destrancava a porta, entrava no quarto e matava o visitante. É o mesmo padrão. Aquelas duas casas não teriam *herdado* o mecanismo desta?

Katabuchi: Não é possível...

Kurihara: E o criminoso se serviu desse mecanismo para planejar a morte de Yo-chan. Ele foi para o corredor, entrou na passagem através do altar, atravessou o quarto ② e se infiltrou no quarto ④. Então, voltando pelo mesmo caminho, levou Yo-chan adormecido até o quarto de confinamento, onde o espancou até a morte.

Autor: Por que no quarto de confinamento?

Kurihara: Há duas razões: primeiro, para não despertar Yo-chan. Se ele acordasse e gritasse ou reagisse com violência, o plano iria por água abaixo. Portanto, não havia tempo para ir muito longe. Pelo menos, não para passar pela porta estreita do altar. E, segundo, para disfarçar o som do espancamento. Como essa rota alternativa é adjacente a vários quartos, não importaria onde o crime ocorresse, alguém acabaria ouvindo os sons. A prioridade era evitar ser ouvido pela tia Misaki. Se ela acordasse, logo perceberia a ausência do filho. Portanto, o criminoso escolheu o quarto de confinamento, que era o local mais afastado do quarto da tia. Bem, nesse caso, como havia o risco de ser visto pela criança em confinamento, talvez tenha feito isso diante da porta. Enfim, a avó desperta ao ouvir o barulho e, pela direção, pensa que há algo errado com a criança no quarto de confinamento. Ela passa pela porta do altar para verificar o que acontecia no quarto. O criminoso deve ter previsto até mesmo isso. Antes de a avó chegar, ele retorna pela passagem carregando o corpo de Yo-chan e se esconde no quarto ②. Depois de a avó confirmar que tudo estava normal e retornar para o próprio quarto, o criminoso sai para o corredor pela porta do altar. E, após colocar o corpo em frente ao altar, retorna para seu quarto. Depois disso, apenas espera que alguém encontre o corpo.

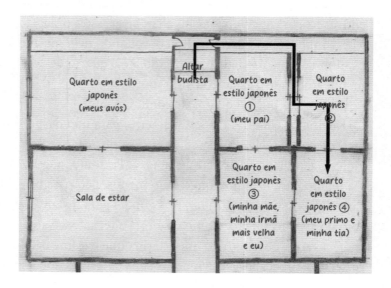

Autor: Sou capaz de entender seu raciocínio, mas não é um pouco forçado? É um crime muito desleixado... sinto que, se a polícia investigasse, logo descobriria várias incongruências.

Kurihara: É. Por isso o criminoso *colocou o corpo de Yo-chan em frente ao altar, para que a polícia não viesse.*

Autor: Como assim?

Kurihara: Pense bem. Se a polícia viesse, a área próxima ao local do acidente seria investigada minuciosamente. É claro que isso incluiria o altar budista. E, assim, fatos inconvenientes para a família Katabuchi viriam à tona: a passagem, o quarto de confinamento, a existência da criança, entre outras coisas. Os membros da família precisavam evitar isso a qualquer custo. Ou seja, o criminoso estava seguro de que as pessoas dessa casa não chamariam a polícia se criasse a narrativa de que "Yo-chan morreu quando caiu do altar".

Katabuchi: Entendo. É por isso que, quando a tia Misaki tentou ligar para a polícia, todos a impediram desesperadamente.

Kurihara: Talvez todos os parentes tivessem percebido que a morte de Yo-chan não fora acidental. Todavia, para proteger o segredo da família, decidiram definir o que ocorreu como uma "morte acidental". A tia Misaki, no entanto, mãe de Yo-chan, não seria capaz de aceitar esse acordo tácito. Mesmo assim, o criminoso não se importava. Ele deve ter calculado que, enquanto tivesse o "segredo da família" como garantia, todos iriam impedir a tia.

Autor: Mas quem teria feito isso, afinal?

Kurihara: Vamos por eliminação. Primeiro, seria impossível para sua mãe, que estava no mesmo quarto que você, Katabuchi, cometer o crime. O avô, que tinha problemas nas pernas, e a avó, que estava no mesmo quarto que ele, tampouco poderiam. Não se pode descartar a possibilidade de que fossem cúmplices, mas nesse caso seria estranho a avó falar coisas sem sentido como "ter ouvido um barulho de madrugada". Ou seja...

Katabuchi: Meu pai... só resta ele, não é?

Ela não teria como manter a calma diante da possibilidade de o pai ser um assassino. Contudo, parecia mais serena do que se poderia supor.

Katabuchi: De fato, depois desse incidente, meu pai ficou cada vez mais esquisito. Vivia trancado no quarto, bebendo... Sinceramente, eu sempre achei que pudesse ter algo a ver com a morte de Yo-chan.

Autor: Mas qual seria a motivação?

Katabuchi: Se me lembro bem, raramente presenciei os dois conversando. Mas não acho que meu pai odiasse Yo-chan... é difícil imaginar isso.

Kurihara: Não poderia ter alguma relação com a questão da sucessão?

Katabuchi: Questão da sucessão?

Kurihara: Apesar de ter decaído, a família Katabuchi era ilustre. A noção de "sucessor" deve ter permanecido arraigada nela. Os Katabuchi tiveram três netos: Yo-chan, você e sua irmã mais velha. Um deles seria o sucessor da família. Provavelmente o candidato mais forte era Yo-chan, por ser menino. Contudo, caso ele morresse, essa função passaria para você ou sua irmã mais velha. Pela ordem, ela, por ser a primogênita. Então seu pai não poderia, por algum motivo, desejar que sua irmã fosse a sucessora da família Katabuchi?

Quando a irmã se casou, ela optou por manter o sobrenome Katabuchi. O marido é que foi "adotado pela família" e se tornou um "sucessor". Porém...

Autor: Mas seria possível que ele matasse o próprio sobrinho por causa disso?

Kurihara: Os Katabuchi não são uma família comum. Não seria nenhuma surpresa se houvesse alguma circunstância complexa que a gente nem imagina.

Autor: Circunstância complexa?

Kurihara: Seguindo essa lógica, é possível supor por que sua irmã mais velha desapareceu de repente. Acho que ela podia estar sofrendo uma **lavagem cerebral** naquela casa.

Autor: Lavagem cerebral?

Kurihara: A família Katabuchi cometeu assassinatos continuamente naquele local por muitas gerações. Não sabemos o motivo, mas era algo comum para eles. Sua irmã deve ter sido obrigada a assumir esse papel. Se você disser a alguém criado em um ambiente normal que "a partir de hoje você vai usar uma criança para cometer assassinatos", essa pessoa nunca vai fazer isso. Portanto, faria sentido se o sucessor da família Katabuchi fosse trancafiado naquela casa desde a infância e sofresse lavagem cerebral para ser forçado a "matar pessoas". Mas, bem, isso são apenas suposições.

Nesse momento, ouvimos uma voz do outro lado da porta nos avisar: "Está quase na hora!" Pelo visto, o horário de encerramento do aluguel da sala de reunião se aproximava. Quando olhei o relógio, vi que já passavam das seis. Demos por encerrada a conversa e nos preparamos rapidamente para voltar para casa.

* * *

Ao sairmos, as luzes nas ruas começavam a se acender. Caminhamos os três rumo à estação de trem.

Autor: A propósito, Katabuchi. Seus avós ainda estão vivos e bem?

Katabuchi: Não sei. Desde a morte de Yo-chan, não fui mais lá. Como eu praticamente fugi de casa e conquistei minha independência, perdi contato com meus parentes, com exceção de minha irmã.

Autor: Ah, é?

Katabuchi: Mas, depois de nossa conversa de hoje, decidi visitar meus avós.

Autor: Você sabe o endereço deles?

Katabuchi: Não. Mas minha mãe com certeza sabe. Eu vou vê-la de novo. E desta vez... ela vai ter que me contar a verdade sobre minha irmã. Ela deve estar sofrendo de alguma forma. Vou fazer de tudo para ajudá-la.

Depois de andarmos um pouco, chegamos à estação. Era domingo à noite, então havia poucas pessoas esperando trem por ali.

Nós nos despedimos em frente à catraca.

CONTATO REPENTINO

Passavam das oito quando cheguei em casa. Cansado e sem fome, tomei banho e, justo quando pensava em ir me deitar, o telefone tocou. Era Katabuchi.

Autor: Alô. Aconteceu alguma coisa?

Katabuchi: É que... para ser sincera...

A voz dela soava baixa e tensa.

Katabuchi: Agora há pouco, depois de me despedir de vocês, recebi uma ligação da minha mãe. Ela me disse o seguinte: "Tem algo sobre sua irmã que quero contar, por isso gostaria de ver você em breve. Quanto antes melhor." Combinei de ir até a casa dela amanhã à noite.

Autor: Que repentino, não?

Katabuchi: Pois é. Então... sei que é um pedido do nada, mas você se importaria de ir comigo?

Autor: Oi? À casa da sua mãe?

Katabuchi: Sim. Mas, claro, eu sei que você está ocupado, não quero obrigá-lo a ir.

Verifiquei minha agenda. Não tinha nada programado para a noite seguinte.

Autor: Posso ir sem problema, mas... você quer realmente que eu a acompanhe? Sua mãe não preferiria conversar a sós com você?

Katabuchi: Não se preocupe com isso. Falei com ela. Além disso... eu pessoalmente gostaria muito da sua presença. Achei estranho que ela queira "me ver" de repente, uma vez que nosso relacionamento foi até agora tão turbulento que ela não me deixava nem entrar na casa dela. Sei que é patético, mas estou insegura de ir sozinha.

Autor: Entendi... você quer que Kurihara também vá com a gente?

Katabuchi: Se não for incômodo.

Depois disso, combinamos os detalhes do encontro antes de desligar.

Ao telefonar para Kurihara, ele recusou, dizendo que "adoraria ir", mas estava ocupado com o trabalho. O dia seguinte era segunda-feira. Trabalhando numa empresa, talvez ficasse difícil para ele. Aquilo me desanimou, mas não havia jeito.

Por último, ele complementou: "Quando puder, me conte o que acontecer."

CAPÍTULO 4

A FAMÍLIA ATADA

A CARTA

Às cinco da tarde no dia seguinte, me encontrei com Katabuchi na estação Omiya.

Katabuchi: Desculpe de verdade por estar sempre lhe causando transtornos.

Autor: Está tudo bem! Eu também estou preocupado com a sua irmã. A propósito, onde sua mãe mora?

Katabuchi: Em Kumagaya. Daqui podemos ir direto pela linha Takasaki.

No trem, Katabuchi me contou sobre a mãe.

Yoshie Katabuchi (nome de solteira: Matsuoka) nasceu na província de Shimane e, após se casar, mudou-se para Saitama. Ela se divorciou de seu segundo marido e hoje mora sozinha em um apartamento em Kumagaya.

Chegamos à estação em cerca de trinta minutos.

Depois de andarmos um pouco, avistamos o prédio onde Yoshie reside. Katabuchi respirou fundo várias vezes, procurando se acalmar.

Fomos até o quarto andar de elevador. Era o penúltimo apartamento ao fim do corredor. Ali, havia uma placa com o sobrenome "Katabuchi". Após uma pausa, Yuzuki apertou a campainha. Pouco depois, a porta se abriu.

Yoshie era uma mulher baixa de cerca de cinquenta e cinco anos. Ao me ver, quando nos recepcionou, fez uma longa reverência e disse: "Agradeço por ter vindo de tão longe." Depois, olhou para a filha, mas logo ambas desviaram o olhar, constrangidas.

Passamos à sala de estar. Ali, a foto em uma moldura de madeira em cima da TV me chamou a atenção. Era uma fotografia da família em baixa resolução, do tipo que se tirava antigamente com câmeras digitais. Eles pareciam estar em um parque de diversões. Uma Yoshie jovem e um homem que aparentava ser seu marido. Entre o casal, duas meninas fazendo o sinal de V com os dedos. Provavelmente Katabuchi e a irmã mais velha.

Sentamos à mesa, e Yoshie serviu chá, mas Katabuchi permaneceu calada e cabisbaixa, sem tocar na xícara. Pairava um silêncio desconfortável.

Justo quando eu estava pensando que deveria dizer algo, Yoshie falou:

Yoshie: Yuzuki, desde sua visita no outro dia, eu estou agoniada. Fiquei pensando se deveria contar tudo para você. Porém, não conseguia me decidir.

Yoshie olhou para a foto sobre a TV.

Yoshie: Muito tempo atrás, eu prometi ao seu pai e à sua irmã que não revelaria nada a você.

Katabuchi faz menção de dizer algo, mas, com a voz embargada, talvez pelo nervosismo, as palavras não saíram como desejava. Ela tomou um gole do chá e por fim conseguiu se expressar, numa voz rouca.

Katabuchi: Isso... é sobre *aquela casa*?

Yoshie: Você sabe, então. É isso. Mas eu não queria falar essas coisas para você, Yuzuki. Pelo menos, era minha intenção deixá-la fora disso. Contudo, a situação mudou.

Yoshie colocou um envelope sobre a mesa. Ela era a destinatária. E o campo do remetente constava como "Keita Katabuchi".

Katabuchi: Keita... o marido da minha irmã?

Yoshie: Isso mesmo! Chegou ontem.

Yoshie pegou o envelope. De dentro dele, tirou várias páginas de papel de carta numa caligrafia esmerada.

Prezada sra. Yoshie Katabuchi,

Perdoe-me por esta carta repentina.

Meu nome é Keita Katabuchi. Sete anos atrás, me casei com sua filha Ayano. Sinto muitíssimo por termos demorado tanto para lhe informar, em virtude de diversas circunstâncias.

O motivo de lhe escrever agora é para lhe pedir um enorme favor. Ayano e eu estamos atualmente em uma situação bastante adversa. Precisamos muito de sua ajuda. Estou ciente de minha ousadia, mas necessitamos, sem falta, de sua colaboração.

Pois bem, para poder falar sobre nossa situação, é preciso explicar tudo que ocorreu até o momento. A carta se tornará um pouco longa, pelo que peço desde já sua compreensão.

Conheci Ayano em 2009.

Na época, eu fazia o ensino médio na província de XX e minha vida de estudante não era fácil. Eu era alvo de bullying na minha turma.

No início, apenas me ignoravam ou escondiam meus pertences, mas, com o passar do tempo, a situação se agravou. Certa manhã, quando cheguei na escola, minha carteira estava encharcada. Eu estava enxugando o móvel sozinho, me sentindo desamparado e tendo que aturar os olhares das pessoas, que riam do meu estado, quando uma colega de turma trouxe uma toalha e me ajudou. Era Ayano.

Ela era do tipo quieta, que não interagia tanto com as pessoas, mas era uma pessoa gentil, obstinada e com senso de justiça.

Depois disso, ela me auxiliou inúmeras vezes, e eu me esforcei para ajudá-la. Me empenhei bastante nos estudos para antes dos testes lhe ensinar as matérias em que ela tinha dificuldade.

Começamos a namorar na primavera do segundo ano. Fui eu quem me declarei para ela. Quando ela aceitou sair comigo, minha felicidade era tanta que durante vários dias me senti nas nuvens.

A "província de XX" era onde fica a casa dos avós de Katabuchi. Kurihara devia estar certo sobre o fato de Ayano talvez ter sido levada para aquela casa.

No entanto, ao que parecia, ela podia viver uma vida livre até certo ponto, inclusive frequentava a escola. E foi lá que ela começou um relacionamento romântico com um aluno que sofria bullying, com quem mais tarde se casou.

Era uma narrativa mais encantadora do que eu imaginara. Contudo, a partir desse ponto a carta tinha um desenrolar perturbador.

Entretanto, quando passamos a namorar, comecei a perceber um lado incompreensível de Ayano que eu não vira até então. Quando as aulas terminavam, ela logo entrava em um carro que ia buscá-la e voltava para casa, só se comunicando de novo comigo na manhã seguinte, na escola. Como se não bastasse, ela não falava nada sobre a família, onde nasceu ou onde morava. Sei que é uma expressão vaga, mas eu percebia que dentro dela havia uma "grande escuridão".

No inverno, próximo à nossa formatura, ela me contou o que acontecia.

Em um canto de uma sala de aula vazia, depois de me fazer prometer "nunca contar nada a ninguém", Ayano me falou sobre a "oferenda memorial da mão esquerda".

Katabuchi: Como? Oferenda memorial... da mão esquerda?

Yoshie: Essa foi a grande desgraça que desestruturou a nossa família.

Yoshie se levantou, foi até o cômodo ao lado e voltou segurando um pequeno cofre. Ao abri-lo, o odor de mofo chegou ao meu nariz. Ali dento, havia um papel em frangalhos e desbotado. Bastante antigo. Eu não conseguia ler o que estava escrito na caligrafia cursiva.

Yoshie: Deve ter sido há mais de trinta anos. Pouco antes de me casar, fui à casa dos pais de meu marido cumprimentá-los. Nesse momento, meu sogro me mostrou isso e me contou sobre a "oferenda memorial da mão esquerda". Era uma história muito escabrosa, e achei bizarro ele falar aquelas coisas para a noiva do filho, mas, como eu era jovem, não parei para refletir a fundo. No entanto, mais tarde entendi. Aquele era um costume similar a uma maldição, que atava, há dezenas de anos, a família Katabuchi.

Segue um resumo do que Yoshie nos contou, contendo apenas as partes possíveis de serem publicadas.

OS IRMÃOS

No passado, a família Katabuchi acumulou um imenso patrimônio por meio de diversos negócios baseados na província de XX. Quem mais contribuiu para esse sucesso foi Kaei Katabuchi, o chefe da família entre 1899 e 1915.

Kaei tinha um temperamento arrojado e notável capacidade administrativa, o que levou a uma grande ampliação dos negócios. Entretanto, ao completar cinquenta anos, ele se afastou da linha de frente por conta do agravamento de uma doença crônica, cedendo sua posição para os filhos.

Kaei tinha três filhos: **Soichiro**, **Chizuru** e **Seikichi**.

Ao contrário do pai, o primogênito, Soichiro, era dono de um temperamento introvertido. Dizem que era um jovem incomum e muito ligado a Chizuru, a irmã mais nova, com quem mesmo depois de crescido costumava brincar de casinha. Em contraste, o caçula Seikichi era um jovem dinâmico, habilidoso tanto nas artes literárias quanto nas marciais. Desde pequeno, era corajoso, tinha talento para unir as pessoas e ficava claro para quem quer que o visse que ele seria o sucessor adequado da família Katabuchi.

No entanto, Kaei escolheu Soichiro como sucessor. O motivo está na origem de Seikichi.

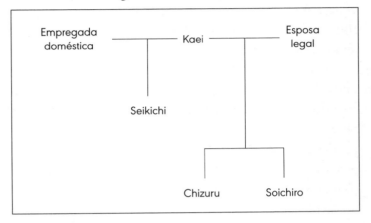

Na realidade, Seikichi não era filho de Kaei com a esposa legal, mas fruto da relação com uma empregada, ou seja, era um filho bastardo. Dizem que Kaei hesitou em fazê-lo seu sucessor por receio de causar um abalo em sua imagem pública. Contudo, o próprio Kaei estava totalmente ciente da falta de habilidade administrativa de Soichiro. Portanto, sua intenção era fazer um esquema para que Seikichi detivesse o verdadeiro poder enquanto Soichiro permanecesse como um chefe da família meramente decorativo.

Contudo, as coisas não correram como Kaei esperava.

Seikichi se recusou a atuar nessa posição e abandonou a família para se tornar independente. Não é difícil compreender seus motivos. Era como se o pai biológico lhe tivesse dito: "Você não pode ser o sucessor da família porque é filho da minha amante." Ele devia ter se sentido frustrado.

Afastado da família Katabuchi, Seikichi começou sozinho o próprio negócio, que cresceu rapidamente em apenas alguns anos, aproveitando as condições prósperas na Primeira Guerra Mundial. Em meio a essa ascensão, aos vinte e dois anos, ele se casou e logo teve um filho. Assim, nascia o "**ramo secundário da família Katabuchi**", do qual ele era o líder.

Por outro lado, Kaei continuava no comando da "família principal", assessorando Soichiro, como sempre. No entanto, o primogênito estava insatisfeito com o fato de ser carregado nas costas pelo pai. Vendo o pai enfraquecer dia após dia, tinha ciência de que em algum momento precisaria liderar sozinho a família e, portanto, estudava com afinco para aprender o trabalho. Kaei o observava e sentia confiança nele.

Contudo, outro assunto preocupava o pai: a questão do casamento de Soichiro.

O rapaz era bastante inexperiente e, mesmo tendo passado dos vinte e quatro anos, ainda não havia se relacionado com uma mulher, o que futuramente poderia evoluir para um problema sucessório da família Katabuchi. Pensando assim, Kaei decidiu prosseguir por conta própria com os preparos para um casamento.

Kaei escolheu uma moça chamada **Ushio Takama**, que trabalhava na mansão, para se casar com o filho. Aos doze anos, Ushio fora empregada pela família Katabuchi para limpar, cozinhar e executar outros serviços domésticos diversos, e seu trabalho zeloso agradou Kaei. Aos dezesseis anos, ela foi encarregada dos cuidados de Soichiro.

Três anos depois, Kaei julgou que Ushio, de idade próxima à de Soichiro e que, em virtude de suas funções, conhecia bem o temperamento do rapaz, seria adequada para ser sua esposa.

USHIO

Ushio Takama... tinha dezenove anos na época. Nasceu em uma família pobre e logo seus pais morreram, tendo passado a infância na casa de vários parentes, chegando a comer grama na beira das estradas para aplacar a fome. Mesmo após começar a trabalhar na casa dos Katabuchi, sua posição de subordinada era baixa e ela sofria abusos de suas superiores de manhã à noite.

Foi então que aconteceu a maior virada na vida de Ushio. O casamento com Soichiro, o chefe da família. Assim, sua vida mudou da água para o vinho. De empregada, ela passou a patroa. Podia ter tudo o que desejasse. Ushio estava exultante.

Como se estivesse aliviado, Kaei faleceu poucos dias depois de ver o casamento dos dois.

Como esposa oficial de Soichiro, todos os dias eram como um sonho para Ushio. A nova patroa fazia refeições pomposas e tinha roupas deslumbrantes. Eram dias repletos de prazeres irresistíveis, e ela, que enfrentara tantas dificuldades desde pequena, agora era reverenciada por todos.

Entretanto, havia algo aflitivo nessa vida: as atitudes de seu marido, Soichiro. Embora ele fosse gentil com Ushio, ele nunca a tratou como esposa. Desde o casamento, não teve com ela nenhuma *relação conjugal*.

Certa noite, Ushio despertou e percebeu a ausência do marido, que deveria estar dormindo ao seu lado. E ele só voltou uma hora depois. Como isso se repetiu todas as noites seguintes, Ushio, desconfiada, resolveu seguir o marido. Soichiro se dirigiu ao quarto de sua irmã, Chizuru.

A CRISE

Exatamente na mesma época, nuvens carregadas pairavam sobre toda a família Katabuchi.

O crescimento dos negócios familiares se devia à liderança autocrática de Kaei. Apesar dos esforços de Soichiro, ele não chegava aos pés do pai, e muitas pessoas talentosas desistiram de se relacionar com ele, com os negócios aos poucos se deteriorando. Alguns anos depois, algo aconteceu para piorar ainda mais a situação. **Chizuru engravidou de Soichiro.**

Um grande alvoroço se instaurou entre os Katabuchi. Se o adultério cometido pelo chefe da família com a própria irmã mais nova viesse a público, mancharia a reputação da família. Dessa forma, os envolvidos se empenharam com afinco para ocultar o fato.

No entanto, o ocorrido acabou chegando aos ouvidos de uma pessoa específica: **Seikichi**, o irmão mais novo.

Seikichi adotou uma postura inesperada: ele foi à casa da família e fez um grande discurso, repreendendo o irmão diante de todos os envolvidos.

— Não se pode deixar a família Katabuchi nas mãos de um grande idiota que cometeu uma imoralidade com a própria irmã — disse ele. — Soichiro não está mais em condição de chefiar esta família.

Um membro do ramo secundário entrar na casa principal para insultar o chefe da família foi um ato desrespeitoso — e impensável, de acordo com valores da época. Entretanto, contam que muitos dos envolvidos estavam insatisfeitos com o erro de Soichiro e simpatizaram com Seikichi.

Tirando proveito da fraqueza da família Katabuchi, Seikichi negociou habilmente, mesclando estratagemas duros e brandos, para trazer para seu lado membros-chave da família principal e incorporá-los ao ramo secundário. Soichiro não era forte o suficiente para impedi-lo, e, assim, muitos dos direitos de gestão do patrimônio e negócios detidos pela família acabaram sendo indevidamente absorvidos pelo ramo secundário.

Com a família principal, restaram apenas a mansão, um terreno, um reduzido patrimônio e alguns empregados. Para Seikichi, ele se vingara da humilhação sofrida no passado pela família Katabuchi e, sobretudo, de seu irmão mais velho.

Ushio, a esposa de Soichiro, foi provavelmente a maior vítima de todo esse alvoroço. Ela se viu forçada a voltar para a vida miserável após os dias de encantamento que finalmente alcançara. Afinal, como esposa de Soichiro, ela não podia ir para o ramo secundário da família.

Ela vivia na decrépita mansão nas montanhas com o marido que não a amava e a cunhada grávida do filho dele. Em meio a uma vida infernal, Ushio foi aos poucos adoecendo mentalmente.

Quem primeiro percebeu algo anormal foi uma das empregadas. Ushio quase não apresentava reação quando a chamavam, e de repente passou a agir de modo caprichoso, como uma criança, mudança visivelmente estranha em uma mulher sempre firme como ela.

Até que, por fim, ela começou a se comportar de forma incompreensível o dia inteiro, olhando vagamente para o mesmo local, chorando alto e se arranhando com as próprias unhas.

Sentindo-se culpado, Soichiro passou a cuidar com mais atenção de Ushio. Porém, essa gentileza acabou levando a uma tragédia.

Certo dia, Ushio disse estar com vontade de comer caqui. Soichiro levou um caqui até o quarto da esposa e o cortou com uma faca. Ela comeu apenas alguns pedaços, e o marido, deixando o restante da fruta à cabeceira da cama, saiu do quarto. Nesse momento, ele não percebeu que havia esquecido a faca.

Uns dez minutos depois, Soichiro teve um mau pressentimento e se dirigiu às pressas ao quarto de Ushio. Mas era tarde demais.

O que Soichiro encontrou foi: Ushio ensanguentada e deitada no centro do quarto, e várias marcas vermelhas de mão pelo tatame.

Ela cravara a faca no pulso esquerdo e batera com a palma da mão ensanguentada inúmeras vezes sobre o tatame. O osso quebrara, a carne se dilacerara e o pulso parecia estar preso apenas por um pedaço de pele.

Não se sabe se foi suicídio ou um agravamento dos atos de automutilação. No entanto, o choque sofrido por Soichiro foi tão grande que ele se culpou pela morte da esposa.

OS GÊMEOS

Alguns meses após a morte de Ushio, Chizuru entrou em trabalho de parto e deu à luz meninos gêmeos.

Soichiro ficou estupefato. Porque a primeira criança a nascer tinha o corpo perfeito, mas a outra *não tinha a mão esquerda*. Essa foi uma terrível coincidência. Atualmente, sabe-se bem que genes recessivos são fortalecidos em casos de incesto, o que facilita o nascimento de uma criança com algum tipo de deficiência. E, na verdade, parecia ter havido na família Katabuchi outras pessoas com uma condição semelhante.

Contudo, por ignorância, Soichiro associou o fato à morte de Ushio, já que ela havia cortado a mão esquerda, e enfiou na cabeça que se tratava de uma maldição.

Assim, Soichiro e Chizuru levaram as crianças a santuários e templos para purificá-las.

Por sugestão do monge de um templo, eles nomearam seus filhos **Asata** e **Momota**, uma vez que no budismo "asa" (que significa linho) e "momo" (que significa pêssego) têm o poder de afastar maus espíritos.

RANKYO

Quando Asata e Momota completaram três anos, uma mulher visitou a família Katabuchi. Era uma xamã misteriosa, que disse se chamar **Rankyo**.

Ao entrar na mansão, ela anunciou a Soichiro: "Esta casa está carregada de ressentimento feminino. Sua esposa faleceu aqui, não foi?"

Como ela mencionara Ushio sem Soichiro ter lhe dito nada, o poder de vidente da xamã o surpreendeu, e ela acabou conquistando sua confiança. Assim, ele lhe revelou tudo o que se passara até então.

Após ouvir a história, a mulher declarou:

— Não é contra o casal que Ushio dirige seu ódio. Foi Seikichi quem usurpou tudo dela. Esse rancor afetou Momota. Se você não se vingar de Seikichi, essa maldição acabará levando à morte do menino.

Então, Rankyo transmitiu a Soichiro o método para quebrar a maldição de Ushio:

- Aprisione Momota em um quarto sem incidência de luz solar;
- Construa uma edícula no terreno da mansão e coloque ali um altar budista em homenagem a Ushio;
- Quando Momota completar dez anos, faça-o matar o filho de Seikichi;
- Corte a mão esquerda do morto e a deixe como oferenda no altar budista;
- Asata, o irmão mais velho de Momota, vai auxiliá-lo como "guardião";
- Isso deve se repetir anualmente, até Momota completar treze anos.

Rankyo chamou esse ritual de "oferenda memorial da mão esquerda". Temendo as consequências da maldição de Ushio, Soichiro começou a preparar tudo da forma que a xamã o instruiu.

* * *

Nesse ponto, eu fiz uma pergunta a Yoshie. Sabia que seria rude interrompê-la, mas havia muitas questões com as quais eu não conseguia me conformar.

Autor: Desculpe, mas quem é essa Rankyo, afinal? Ela manda o sujeito construir uma edícula e matar o filho de Seikichi. Se pensar bem, é bastante suspeito.

Yoshie: Concordo com você. Eu também acreditava que havia alguma coisa por trás daquilo. Então dei um jeito de pesquisar antes sobre Rankyo. E acabei descobrindo algo inusitado. Pelas minhas buscas, parece que ela era **parente de Seikichi**.

Autor: Hein?

RAMO SECUNDÁRIO DA FAMILÍA KATABUCHI

Yoshie: Seikichi era muito libertino, e dizem que aos vinte e poucos anos já tinha cinco esposas. Rankyo era a irmã mais nova da segunda esposa, Shizuko. Logicamente, "Rankyo" era um pseudônimo. Miyako era seu nome verdadeiro.

Autor: Isso significa que... Rankyo era cunhada de Seikichi, correto? Por que ela orientaria alguém para matar o filho do próprio **cunhado**?

Yoshie: Provavelmente pela questão da sucessão. Dizem que, na época, Seikichi tinha seis filhos, dentre os quais três faleceram ainda pequenos. Os mortos foram o **primogênito**, gerado pela primeira esposa, e o **terceiro** e o **quarto filhos**, gerados pela terceira esposa. Consequentemente, quem sucederia Seikichi seria o **segundo filho**, gerado por Shizuko, a segunda esposa.

Autor: Isso significa que... para a segunda esposa fazer com que o filho se tornasse o sucessor...

Seikichi teve cinco esposas. Não é difícil imaginar que houvesse uma constante luta de poder entre elas, que entravam em conflito por desejar cada qual que seu filho fosse a todo custo o sucessor da família.

Os filhos das esposas eram todos rivais. E o amor de Shizuko pelo filho era tanto que saiu do controle, e ela planejou assassinar os outros. No entanto, ela não poderia fazer isso pessoalmente.

Então, Shizuko voltou a atenção para a família principal. Ordenou à irmã mais nova, Miyako, que se infiltrasse na casa principal fingindo ser uma xamã. Temendo as possíveis consequências da maldição de Ushio e em estado de total confusão, Soichiro foi convencido a matar o primogênito, o terceiro e o quarto filhos de Seikichi, que tinham idades próximas ao filho de Shizuko e representavam um estorvo. E tudo isso ocorreu no quarto dos fundos daquela edícula.

Autor: Então quer dizer que, naquele momento, o relacionamento entre as famílias principal e secundária não estava rompido?

Yoshie: Possivelmente. Acredito que a família principal só tenha conseguido construir a edícula graças ao auxílio financeiro do ramo secundário, por intermédio de Shizuko.

Autor: Entendo...

No entanto, ainda havia algo que eu não compreendia.

Autor: Por que Shizuko e Rankyo fizeram com que Momota e Asata cometessem os assassinatos... e não o próprio Soichiro?

Yoshie: Fico me perguntando se não teria sido uma forma de proteção para Shizuko.

Autor: Como assim?

Yoshie: Caso Soichiro fosse instigado a cometer o assassinato, o sentimento de culpa poderia levá-lo a se entregar à polícia. Se isso acontecesse, o plano de Shizuko seria descoberto. Porém, ela deve ter pensado que, se fizesse as crianças serem as criminosas, Soichiro esconderia os fatos para proteger os filhos.

Autor: Ou seja, foi uma estratégia para silenciá-lo?

Yoshie: Bem, não posso afirmar com certeza.

Autor: Como ficou a relação entre as duas famílias depois disso?

Yoshie: Não sei direito. Talvez a família secundária tenha percebido o movimento da família principal e cortado relações. Depois disso, com a deflagração da Guerra do Pacífico, os negócios da família secundária foram destruídos pelos bombardeiros aéreos e, sem conseguir se restabelecer no pós-guerra, os filhos de Seikichi pelo visto foram para vários cantos do país. Porém, como a família principal morava no meio da montanha, não sofreu muito com os bombardeios, e a edícula também permaneceu incólume. Ou seria melhor dizer que **permanece...**

Autor: Isso significa que o rito da "oferenda memorial da mão esquerda" foi transmitido às gerações posteriores?

Yoshie: Exatamente. Até o fim, Soichiro não desconfiou do plano de Shizuko e continuou ingenuamente acreditando na artimanha dela.

Yoshie pegou o papel de antes e o leu em voz alta, alterando as palavras antigas para a linguagem moderna.

Oferenda memorial da mão esquerda:

1. Quando uma criança da família Katabuchi nascer sem a mão esquerda, deverá crescer trancada em um quarto escuro.
2. Quando a criança sem a mão esquerda completar dez anos, deverá matar qualquer pessoa que tenha herdado o sangue de Seikichi Katabuchi e decepar sua mão esquerda.
3. A mão esquerda deverá ser oferecida ao altar de Ushio.
4. Se uma criança sem a mão esquerda não tiver um irmão ou irmã mais velho, um membro da família com idade próxima deverá atuar como guardião.
5. Este rito deve ser realizado sem falta uma vez ao ano pela criança sem a mão esquerda até ela completar treze anos.

Yoshie: Soichiro resumiu em cinco itens os preceitos de Rankyo, como mandamentos familiares, e pelo visto os ensinou rigidamente às crianças.

Autor: As crianças seriam Asata e Momota?

Yoshie: Além dos dois, Soichiro e Chizuru tiveram mais um filho, na realidade. Chamado **Shigeharu**.

Katabuchi, que até então apenas ouvia calada, soltou uma exclamação.

Katabuchi: O quê?! Mas Shigeharu não seria...

Yoshie: Isso mesmo, é o seu avô, Yuzuki.

SHIGEHARU

Então, durante a infância, o avô de Katabuchi, que morava naquela casa, tinha aprendido do próprio Soichiro sobre a "oferenda memorial da mão esquerda"?

Yoshie: Asata e Momota morreram jovens, e Shigeharu, o terceiro filho, acabou se tornando o sucessor da família Katabuchi. Após Momota, nenhuma outra criança nasceu sem a mão esquerda, por isso parecia não ter havido ritual. No entanto, mais de oitenta anos se passaram, até que, em 2006... nasceu. O filho de minha cunhada Misaki.

Katabuchi: Tia Misaki... não me diga que a criança que ela carregava no ventre naquela época...

Yoshie: Isso. Parece que o diagnóstico pré-natal no quarto mês de gravidez identificou que a criança não tinha a mão esquerda.

Autor: Então sabiam antes do nascimento da criança?

Yoshie: Sim. Na verdade, Misaki me consultou sobre isso. Certa noite, recebi uma ligação dela. "Yoshie, o que eu faço? A criança no meu ventre não tem a mão esquerda", disse ela, e até pelo telefone deu pra perceber que sua voz estava trêmula. Evidentemente eu sabia o significado daquilo. Mas na época não imaginava que a "oferenda memorial da mão esquerda" realmente acontecia. Por isso, eu lhe disse: "Não se preocupe. Seus sogros não levam a sério essa história!" Nesse momento, Misaki se enfureceu e subiu o tom de voz: "Yoshie, você não sabe de nada. Está muito enganada sobre eles." Só agora consigo entender bem o significado das suas palavras. Depois fiquei sabendo que, no dia seguinte ao telefonema, Misaki foi posta em cativeiro pelos sogros.

Autor: Cativeiro?

Yoshie: Sim. Só foi libertada um mês depois, quando estava com vinte e duas semanas de gravidez. A partir daí, não é mais possível realizar aborto induzido.

Autor: Então fizeram isso como maneira de impedir que Misaki fizesse um aborto e escapasse do ritual...

Yoshie: Exatamente. Fiquei horrorizada quando soube disso. Meus sogros levavam a coisa a sério mesmo. Acho que meu sogro, em particular, acreditava realmente nesse costume, de tanto que havia sido martelado na sua cabeça por Soichiro quando era pequeno. A maldição de Ushio...

Autor: Como diz o ditado, "é de pequenino que se torce o pepino". Mas é um pouco anormal que continuassem acreditando em algo tão maluco por tantas décadas, não?

Yoshie: Na verdade, há uma razão para isso. Além da mansão, a família Katabuchi possuía uma grande extensão de terras que lhes proporcionava uma boa renda, devido ao crescimento econômico no pós-guerra e ao aumento do preço dos terrenos em virtude da bolha de especulação financeira. Por isso, meu sogro não precisava trabalhar fora e passou a maior parte da vida trancado em casa, com contato limitado com outras pessoas. Familiares e conhecidos que recebiam apoio financeiro substancial da família Katabuchi não manifestavam sua opinião ao sogro, e acredito que com isso ele perdeu a oportunidade de mudar seu pensamento.

Autor: Entendi.

Yoshie: Misaki foi forçada a dar à luz a criança sob tais circunstâncias. Yoichi, seu primogênito, deveria ser o guardião. Porém, em agosto daquele mesmo ano, ele acabou morrendo em um acidente.

Katabuchi: Mãe, qual é a sua opinião sobre o acidente de Yo-chan?

Katabuchi faz a pergunta de forma hesitante. Após um breve momento de reflexão, Yoshie responde.

Yoshie: Um mês antes de Yo-chan morrer, seu pai me falou o seguinte: "Yoshie, se eu não estiver enganado, o nome de solteira da sua avó materna era 'Katabuchi', não?" Aparentemente, ele se lembrava de algo que eu lhe dissera uma vez quando nos casamos. Então ele me aconselhou a "por via das dúvidas, pesquisar a árvore genealógica da família". De início, não compreendi bem o que ele queria dizer com isso. No entanto, procurei meu registro familiar, como ele havia sugerido, e acabei descobrindo. A verdade é que minha avó, cujo nome de solteira era Yayoi Katabuchi, foi a sétima filha de Seikichi.

Katabuchi: O quê?

Yoshie: De início, custei a acreditar. No entanto, por mais que pesquisasse, chegava a esse fato. Eu sou descendente do ramo secundário da família Katabuchi. Ou seja, sou uma pessoa marcada para morrer pelo ritual da "oferenda memorial da mão esquerda". O mesmo vale para você e sua irmã mais velha, por serem minhas filhas. Seu pai se preocupava com isso. Ele afirmava que futuramente nós seríamos alvo da "oferenda memorial da mão esquerda".

Katabuchi: Isso significa que crianças, assim como Yo--chan, podem tentar nos matar?

Yoshie: Seu pai considerava essa possibilidade bastante remota, mas não nula. Então, ele disse: "Eu dou um jeito nisso." Só depois entendi o que ele queria dizer com isso. Quando Yo-chan morreu, havia algo nitidamente errado.

Eu logo desconfiei do seu pai. Ao questioná-lo por vários dias, ele confessou entre lágrimas: "Foi para proteger nossa família."

Katabuchi: Que negócio estranho! Ele mata Yo-chan, transforma minha irmã em uma criminosa e alega que é "para proteger nossa família"...

Yoshie: Seu pai também parecia estar ciente disso. Todos os dias ele murmurava "Eu devia estar louco. Por que fui fazer aquilo?", parecendo atordoado. Logicamente, por mais que estivesse arrependido, seu ato era imperdoável. Havia muitas outras maneiras de evitar aquilo. Porém, quando penso agora, chego à conclusão de que ele próprio pode ter enlouquecido com toda essa coisa dos Katabuchi. Quando criança, seu avô ensinou a ele sobre a "oferenda memorial da mão esquerda". Foi plantado nele um valor deturpado, mas mesmo assim ele tentou desesperadamente proteger a família. Eu nunca disse isso a você, mas quando aconteceu aquele acidente de trânsito, seu pai não havia bebido. Ele não suportou o peso da culpa e optou por tirar a própria vida, isso, sim. Em certo sentido, tive pena dele.

Yoshie suspira. Katabuchi pergunta em voz baixa:

Katabuchi: Por que vocês a entregaram?

Yoshie: ...

Katabuchi: Por que entregaram minha irmã a essa gente? Era só recusar.

Yoshie: Nós fomos ameaçados! Pelo meu sogro. Não acreditei que fosse apenas da boca para fora. Afinal, ele era o tipo de pessoa que, para proteger a tradição, manteve Misaki, grávida, em cativeiro. Quando consideramos a possibilidade de você e sua irmã serem feridas, achamos melhor entregar Ayano sem relutar para garantir a vida de vocês duas. Foi o que pensamos.

Katabuchi: Mas... vocês poderiam ter fugido, não? Ou levado o caso à polícia.

Yoshie: Lógico, era justamente essa minha intenção. Contudo, para isso, era preciso preparo. Por esse motivo, depois de deixarmos sua irmã, gastamos um bom tempo pensando em um plano para trazê-la de volta. Mas foi uma ideia ingênua. Estávamos sendo vigiados. Lembra que um homem veio à nossa casa depois da morte do seu pai? Ele se chamava Kiyotsugu. Falei para você, Yuzuki, que ele era meu novo marido, mas eu menti. Aquele homem era o sobrinho da minha sogra. "Deve ser duro não ter ninguém para sustentar vocês, mas eu posso cuidar disso!", propôs ele, mas na realidade ele me vigiava para que eu não fizesse nada de estranho. A família Katabuchi é assim.

Katabuchi: ...

Yoshie: Mas, no final das contas, isso é só uma desculpa. É como se eu tivesse abandonado Ayano.

Katabuchi: Por que não eu?

Yoshie: Como assim?

Katabuchi: Se era "um membro da família com idade próxima", poderia muito bem ser eu, não? Por que escolheu minha irmã?

Yoshie: Quanto a isso, seu pai e eu resistimos desesperadamente. Na época, você estava com dez anos, Yuzuki. Ainda era uma criança e, se recebesse uma lavagem cerebral, talvez ficasse impregnada de vez pelos valores da família Katabuchi. Já sua irmã tinha doze anos. É uma idade em que já se tem um maior discernimento, e nós pensamos que ela não teria a própria personalidade afetada. Longe de mim afirmar que tenha sido a decisão certa. Mas, felizmente, sua irmã não mudou. Na realidade, eu recebia cartas dela uma vez por mês.

Katabuchi: Hã?

Yoshie: Evidentemente, como tudo passava pelo crivo dos meus sogros, o teor das cartas era evasivo. No entanto, ali ela manifestava preocupação com a nossa família. Sobretudo com relação a você. Ela escrevia: "Não quero preocupar Yuzuki. Por isso, não digam nada a ela. Não desejo que ela saiba de nada. Espero apenas que ela me esqueça e viva livremente." Ela escrevia isso em todas as cartas.

Katabuchi: Eu não sabia de nada disso.

Yoshie: Seu pai concordava com aquilo. "Não conte nada para Yuzuki", ele sempre me pedia. Sua felicidade, Yuzuki, era exatamente o que sua irmã, seu pai e, claro, eu queríamos. Era o que toda a nossa família queria.

Katabuchi: Por isso... até agora você não havia me revelado nada?

Yoshie: Pois é. Mas eu não tinha confiança para continuar escondendo isso. Mesmo não dizendo nada, se vivêssemos juntas, com certeza você perceberia alguma coisa. Por isso, para poder manter distância de você, adotei atitudes que fizessem você me odiar. Me perdoe...

PLANO

Katabuchi: Então... até hoje, minha irmã continua fazendo o filho da tia Misaki... cometer assassinatos?

Yoshie: Eu pensava que sim... até ontem.

Katabuchi: Hã?

Yoshie: Leia o restante da carta.

Katabuchi pegou a carta com relutância.

... me falou sobre a "oferenda memorial da mão esquerda". Imagino que a senhora saiba bem sobre isso. A coisa toda era tão irreal que eu me recusava a acreditar. Porém, Ayano contava aos prantos, e não me parecia que ela estivesse mentindo. "Daqui a alguns anos, eu vou ser uma criminosa. Se você se relacionar comigo, talvez acabe sobrando pra você. Por isso, é melhor a gente se separar", ela argumentava.

"Você não precisa seguir esse costume. É só sair dessa", foi o que disse a ela inúmeras vezes, mas Ayano persistia, dizendo ser impossível. Ela era constantemente vigiada, ameaçada e não tinha como fugir.

Eu me perguntava se não haveria alguma forma de salvar Ayano. Depois de refletir sobre diversas possibilidades, um plano me veio à mente. Era totalmente imperfeito e incerto, mas não havia outra forma de protegê-la.

Dias depois, usei todo o dinheiro que juntei fazendo trabalhos temporários para comprar um anel — que, pensando bem, era bem barato — e pedi Ayano em casamento. Ela ficou atordoada. Lógico. Eu mesmo achei minha proposta muito repentina. No entanto, o "casamento" era absolutamente necessário para o meu plano.

Depois disso, contei a ela o que tinha em mente e, após muitas semanas tentando, por fim consegui convencê-la.

Nós nos casamos logo após a formatura do colégio. Ignorei meus pais, que se opunham ao casório, e fui adotado pela família Katabuchi. Ou seja, me tornei um membro da família e, juntamente com Ayano, servi como guardião da "oferenda memorial da mão esquerda".

Quando visitei a família Katabuchi pela primeira vez, fui levado até o quarto oculto.

Como Ayano me contara, havia ali um menino. Ele se chamava Momoya e tinha nascido sem a mão esquerda, o que o obrigara a suportar aquele destino cruel. Aparentemente, Misaki havia ido embora da casa logo depois que deu à luz, então, na época, Momoya crescia sem pais.

Sua constituição física não diferia muito da média das crianças de sua idade, mas ele era de uma palidez nada saudável, e sua expressão era como se todas as suas emoções tivessem sido drenadas, mostrando a anormalidade do ambiente onde fora criado.

Momoya era inteligente e respondia perguntas direitinho, nem parecia que tinha somente seis anos, mas nunca tomava a iniciativa de fazer algo ou expressava seus sentimentos e desejos. Senti que sua expressão facial era parecida com a das crianças forçadas pelos pais a aderir a uma nova religião, que tinha visto certa vez na TV. Para mim, sua personalidade havia sido usurpada pela família Katabuchi.

Naquela noite, ocorreu a cerimônia de casamento. Participaram Shigeharu e Fumino — os avós de Ayano —, eu, Ayano e um homem chamado Kiyotsugu.

Kiyotsugu é sobrinho de Fumino e a pessoa em quem Shigeharu mais confia. Na família Katabuchi, foi ele quem mais me prestou apoio. Na época, ele estava com pouco mais de quarenta e cinco anos, sua pele era mais escura e, apesar de rir muito, ele tinha um jeito estranhamente intimidante.

Após o banquete, eu me lembro de ele ter sussurrado ao pé do meu ouvido: "Sei que você deve passar por várias dificuldades, mas procure não errar. Tenho pena do Momoya. Trate-o com carinho, se possível."

A partir de então, morei na casa dos Katabuchi, onde recebi treinamento para me tornar guardião, até Momoya completar dez anos. Para conquistar a confiança dos membros da família, fui o mais obediente possível e fingi estar imbuído nos costumes.

Um ano antes de o ritual iniciar, coloquei meu plano em ação.

De início, pedi a Shigeharu que nos deixasse construir nossa própria casa. Nos cinco preceitos da "oferenda memorial da mão esquerda", não é especificado com clareza o local onde deverão ocorrer os assassinatos. Ou seja, propus que eu e minha esposa nos tornássemos independentes, levando Momoya conosco, e disse que o faríamos cometer o assassinato em nossa casa e depois entregaríamos à família Katabuchi a mão esquerda do cadáver, concluindo assim o ritual.

A princípio, Shigeharu se mostrou relutante. Porém, graças à intervenção de Kiyotsugu, ele acabou aceitando, mas impôs condições.

Suas duas condições foram as seguintes:

1. *A planta baixa da nova casa deveria ser criada com orientação da família Katabuchi.*
2. *Kiyotsugu nos vigiaria.*

Após aceitarmos essas condições, fomos autorizados a nos tornar independentes. E ficou decidido que a nova casa seria construída na província de Saitama, onde Kiyotsugu residia na época.

Antes de deixarmos a casa dos Katabuchi, Shigeharu me entregou uma lista.

Ela continha mais de cem nomes e endereços. Ele me explicou que eram todos descendentes vivos do ramo secundário da família. Em outras palavras, deveríamos escolher nesta lista quem matar.

Como ele teria conseguido fazer uma pesquisa dessas? A família Katabuchi mais uma vez me causou medo.

Nós nos mudamos para a casa de Saitama em junho de 2016. A "oferenda memorial da mão esquerda" seria realizada em setembro. Se seguisse os mandamentos da família Katabuchi, em três meses seria preciso matar alguém. Mas eu não tinha a intenção de fazer isso. Minha ideia era ludibriar os Katabuchi e passar pela "oferenda memorial da mão esquerda" sem matar ou ferir ninguém.

Primeiro, investiguei a situação das pessoas na lista. Eu me atentei em particular a um homem chamado T., que morava em um apartamento na província de Gunma. Na época, ele tinha vinte e poucos anos e trabalhava meio período, e fiquei sabendo por um vizinho que aparentemente ele tinha pegado um empréstimo de uma financeira.

Fui até um bar do qual T. era freguês e me aproximei dele. Após conversarmos amenidades e tomarmos algumas bebidas juntos, ele aos poucos foi abrindo o coração para mim.

Após vários encontros, T. me confessou que "tinha um empréstimo de cerca de dois milhões e que estava com dificuldade para pagar os juros com o dinheiro que ganhava em seu trabalho de meio período". Era o que eu estava esperando ouvir.

Propus a T. o seguinte: "Eu assumo seu empréstimo e pago mais quinhentos mil se você fizer o que eu mandar."

Claro que de início ele pensou que fosse brincadeira e não me deu ouvidos. No entanto, eu não desisti, e, após várias rodadas de negociações, finalmente ele concordou.

"O que você está dizendo é muito suspeito, mas sendo uma oportunidade de mudar de vida, vou arriscar e confiar em você."

Meu próximo passo foi "procurar um cadáver". No meu plano, um cadáver era absolutamente indispensável.

Primeiramente, fui até a floresta Jukai, em Aokigahara. "Se eu for a Jukai, onde ocorrem muitos suicídios, devo encontrar um corpo", pensei ingenuamente. Entretanto, as coisas não correram como eu previra. Havia alguns pertences deixados pelos suicidas, mas não encontrei nenhum cadáver, por mais que procurasse. Voltei para casa arrasado.

Naquele momento, faltava apenas uma semana para a "oferenda memorial da mão esquerda". Se não encontrasse um corpo, meu plano iria por água abaixo.

Entrei em pânico, e, justo quando me questionava o que fazer, uma informação me chegou aos ouvidos por acaso. No distrito vizinho, um homem solteiro chamado Kyoichi Miyae, presidente da associação comunitária local, faltara à reunião do grupo sem avisar. Quando ouvi sobre isso, senti uma inexplicável inquietação no peito. Descobri o endereço de Miyae e visitei seu apartamento. Mesmo tocando a campainha, ninguém foi atender e, ao tentar abrir a porta, ela estava destrancada. Apesar de saber que não deveria fazer isso, espiei o interior e vi um homem caído.

O corpo já estava frio, e havia comprimidos espalhados pelo chão. Ele teve provavelmente uma crise devido a alguma doença, procurou tomar a medicação, mas não deu tempo e morreu. Essa coincidência parecia ter sido armada pelo demônio.

Na mesma noite, fui de carro até o apartamento de Miyae e levei seu corpo para casa. Enquanto dirigia, eu pensava: "Que tipo de crime devo estar cometendo?" Se me pegassem, as coisas se complicariam para o meu lado. Mas não me restava alternativa. Ao chegar em casa, cortei a mão esquerda do cadáver de Miyae e a coloquei no freezer.

Uma semana depois, na manhã do dia da "oferenda memorial da mão esquerda", fui de carro buscar T. e pedi a Ayano que preparasse a comida nesse meio-

-tempo. *Quando regressei acompanhado de T., havia um carro familiar estacionado em frente à casa. Era de Kiyotsugu, o vigilante. Minha sorte foi ele ter dito: "Não vou entrar na casa. Vou ficar do lado de fora de olho em vocês."*

Depois disso, servimos comida e bebida a T. na sala de estar e, após um tempo, eu o levei até o banheiro. Ali, ele se escondeu conforme eu havia lhe pedido previamente.

Coloquei a mão esquerda de Kyoichi Miyae em uma caixa que eu havia preparado com antecedência e a entreguei a Kiyotsugu, que estava de vigia do lado de fora. Ele verificou dentro do carro o conteúdo da caixa e seguiu para a casa dos Katabuchi, onde a depositou no altar.

Após confirmar que Kiyotsugu partira, tirei T. do esconderijo, o coloquei no carro e partimos para a estação. "Vá para uma cidade o mais longe possível e só volte para seu apartamento depois de pelo menos seis meses", pedi a ele. Ou seja, a partir daquele dia, o paradeiro de T. seria "desconhecido".

Depois disso, passei um tempo preocupado com o que aconteceria se descobrissem essa mentira. Quando alguns dias mais tarde Kiyotsugu anunciou que "o ritual havia sido concluído sem problemas", senti um alívio jamais experimentado na minha vida. Assim, passamos pela primeira "oferenda memorial da mão esquerda" sem precisar matar ninguém.

Mas nem por isso eu tinha a sensação de missão cumprida ou de felicidade. Não cheguei a matar alguém, mas era indubitável que eu havia cometido um ato criminoso. *Sem saber de sua morte, a família de Kyoichi Miyae continuava procurando por ele. A cada dia que pensava nisso, minha culpa se intensificava. Além disso, eu precisaria repetir aquilo mais três vezes. Os dias de procura por um cadáver temendo a polícia e os Katabuchi foram mais psicologicamente angustiantes do que eu imaginara. E o mesmo devia acontecer com Ayano.*

Porém, mesmo vivendo dessa forma, havia uma leve motivação para seguir em frente: o crescimento de Momoya.

Ayano e eu íamos frequentemente ao quarto dele para ajudá-lo nos estudos, jogarmos e conversar. Quando as "oferendas memoriais da mão esquerda" chegarem ao fim, ele será liberado de seu confinamento e deverá voltar para a família Katabuchi. Para que ele possa viver como uma criança normal, desejávamos que ele recuperasse as inúmeras emoções humanas.

A partir do sexto mês desde que começamos a morar juntos, ele começou a apresentar sinais de mudanças. "Quero fazer mais", "Não quero fazer isso". De início, ele apenas executava mecanicamente o que lhe falávamos para fazer, mas então passou a manifestar suas vontades. Quando o elogiávamos, ele sorria e ficava encabulado; quando perdia em um jogo, ficava frustrado. Levou um tempo, mas sentimos que brotaram nele emoções infantis condizentes com a sua idade.

Na primavera de nosso segundo ano independentes, tivemos um filho. Ele se chama Hiroto.

Ficamos em dúvida se devíamos gerar uma criança sob aquelas circunstâncias, mas conviver com Momoya fez brotar em nós o desejo de ter um filho.

Informamos a Momoya sobre o nascimento de Hiroto, mas não deixamos que os dois se conhecessem. Como as circunstâncias de ambos eram diametralmente opostas, queríamos evitar que ele sofresse vendo Hiroto. Em vez disso, mesmo após o nascimento de nosso filho, nos empenhamos para não reduzir o tempo que passávamos no quarto de Momoya.

Mais ou menos um ano após o nascimento de nosso filho, Kiyotsugu se mudou de Saitama para Tóquio em função de seu trabalho. Em virtude disso, nós também decidimos construir uma nova casa em Tóquio, contando com o suporte financeiro da família Katabuchi.

Não posso afirmar que nossa vida tenha sido feliz após a mudança para Tóquio, mas, comparado a antes, eram dias esperançosos. Se pudéssemos superar toda a questão das "oferendas memoriais da mão esquerda", poderíamos nos tornar uma família normal. Hiroto crescia dia após dia, e Momoya se tornara muito mais expressivo do que antes.

Um futuro brilhante estava bem próximo. Era o que nós acreditávamos.

Quando paro para refletir sobre isso agora, vejo que foi um pensamento muito ingênuo.

O infortúnio se abateu de repente sobre nós.

Certa noite, em julho deste ano, por volta de uma da manhã, recebi um telefonema de Kiyotsugu. Num tom de voz incisivo, ele ordenou: "Traga Ayano até *aqui imediatamente. Venha de carro." Tive um mau pressentimento sobre o que teria acontecido àquela hora.*

Até então, Ayano e eu nunca tínhamos saído juntos de casa, e nos preocupávamos com Hiroto e Momoya, mas eles dormiam profundamente, e se fosse por pouco tempo não deveria haver problema, portanto decidimos deixá-los.

A casa de Kiyotsugu não era muito longe, não dava nem dez minutos de carro. Ao chegarmos, ele nos recepcionou com uma expressão sombria. E disse apenas uma palavra:

"Descobriram."

Eu não fazia ideia do que ele estava falando, mas Kiyotsugu continuou, nos encarando:

"Eu não vejo sentido na 'oferenda memorial da mão esquerda'", disse. "Maldições e espíritos vingativos são todos invencionices das pessoas. Porém, tio Shigeharu não pensa assim. Apesar da idade avançada, morre de medo de fantasmas, que nem uma criança. Por isso, quando se trata da 'oferenda memorial da mão esquerda', ele não se importa de gastar, mesmo reduzindo a fortuna da família Katabuchi. Até o momento, eu me beneficiei disso. Ganhei uma boa grana do tio para ficar de olho em vocês. Para mim, não passa de um trabalho. Sempre achei que, por mais que houvesse alguma desonestidade, não haveria problema caso ninguém descobrisse. Eu sabia que você estava fazendo de tudo para arranjar um cadáver. Bem, desde que conseguissem enganar o tio, não importava de quem seria a mão. Por isso, até

agora eu fiquei quieto, fiz vista grossa em relação a vocês e, se necessário, eu facilmente lhes daria um ou dois milhões de ienes. Eu pretendia 'colaborar' com vocês até o fim. Só que... descobriram. Descobriram! Vejam isto..."

Ele me entregou um jornal local da província de Saitama. Nele, havia a notícia sobre a "descoberta de um cadáver com a mão esquerda decepada". O cadáver de Kyoichi Miyae fora encontrado.

"Por acaso o tio viu essa notícia. Achou estanha a coisa da 'mão esquerda decepada' e pediu a outro membro da família que investigasse. Com isso, descobriu que todas as pessoas que deveriam morrer no ritual de 'oferenda memorial da mão esquerda' permanecem vivas. Fui chamado e ele me questionou. Evidentemente, eu neguei saber de algo. No fim das contas, ele ordenou que eu trouxesse Momoya até o dia seguinte como condição para me perdoar. Provavelmente pretende fazer ele próprio o rito da 'oferenda memorial da mão esquerda'. Não sei o que ele quer fazer com vocês. Todavia, se eu não levar Momoya ainda hoje, vou ficar numa situação delicada. Vocês precisam me entregar o menino imediatamente. Vamos sair."

Kiyotsugu nos fez sentar no assento traseiro de seu carro.

"Estamos indo para a casa de vocês agora. Quando chegarmos, tragam logo Momoya. Se obedecerem, não vou recorrer à violência. Mas se vocês se recusarem... já sabem, não é?"

Foi então que eu entendi o motivo de Kiyotsugu ter dito para irmos de carro. Foi para evitar que, ao chegarmos em casa, nós fugíssemos no veículo levando Momoya.

Se entregássemos o menino à família Katabuchi, ele seria usado para cometer assassinatos.

Nós concordamos, calados. Depois, Kiyotsugu disse numa voz animada:

"Tenho pena de Momoya, mas o destino dele estava traçado desde o nascimento. É uma lástima, mas não tem jeito... Bem, chegamos. Vou dar dez minutos para vocês. Voltem nesse prazo."

Descemos do carro nos sentindo arrasados. Ao olhar para a casa, percebi uma luz acesa na janela do andar de cima. Quando saímos, eu havia apagado todas as luzes. Então, imaginei que Hiroto tivesse acordado. Assim, fomos direto ao nosso quarto no segundo andar.

Ao entrar no cômodo, me deparei com uma visão inesperada. Para minha surpresa, Momoya estava na cama de Hiroto. Nesse momento, me ocorreu uma premonição.

O quarto de Momoya era trancado pelo lado de fora. Porém, existe uma forma de sair dele. Na nossa casa, há uma passagem ligando o quarto dele ao banheiro, criada com a intenção de ludibriar a família Katabuchi. Atravessando essa passagem é possível sair do quarto.

A passagem é oculta por um armário, mas Momoya devia ter percebido. Devia ter aproveitado nossa ausência para escapar do quarto e ir machucar Hiroto.

Eu gelei.

Porém, quando me aproximei às pressas da cama, notei uma situação diferente. Sobre a testa de Hiroto havia uma toalha molhada dobrada. Uma toalha que fora deixada no quarto de Momoya. Eu finalmente entendi o que estava acontecendo. Algumas raras vezes, Hiroto é acometido por uma súbita febre alta. Depois que saímos, ele devia ter tido um desses acessos. Ouvindo-o chorar, Momoya sentiu que havia algo errado, escapou de seu quarto para verificar e ele próprio torceu a toalha e cuidou de Hiroto.

Momoya nos contou que sabia há tempos da existência da passagem e por vezes escapava do quarto de madrugada para ver Hiroto.

Fiquei arrependido por ter duvidado de Momoya, mesmo que por um instante. E por tê-lo confinado em um quarto, obrigando-o a viver uma vida constrita, tudo por medo da vigilância da família Katabuchi.

Ele não deveria ser tratado dessa forma. Eu pedi desculpas a ele várias vezes. Ayano também, aos prantos.

Nesse momento, ouvi passos ruidosos vindos do corredor, e Kiyotsugu entrou no quarto. "Ei, não me façam esperar!", exclamou ele, irritado, agarrando Momoya à força e saindo. Naquele momento, senti que se o deixasse partir daquela forma, jamais veria Momoya de novo... Ele passaria o resto da vida carregando a culpa por ter assassinado pessoas. Ou pior ainda — não havia garantia de que os Katabuchi o deixariam vivo após concluírem as "oferendas memoriais da mão esquerda".

Não tive tempo para pensar. Decidi acabar com tudo em troca da minha vida.

Peço desculpas pela carta tão longa. Estou morando atualmente com Ayano, Hiroto e Momoya na rua XX, no apartamento XX, no distrito XX. Não tenho mais condições de proteger minha família. Ayano tem um emprego de meio período em um supermercado próximo, mas é difícil viver apenas com o que ela ganha. Sei que é um pedido e tanto, mas peço que dê suporte à vida dessas três pessoas. Desde já lhe agradeço. Atenciosamente,
Keita Katabuchi.

Yoshie pegou o jornal que estava sobre o sofá e o estendeu para nós, dizendo: "Vocês ainda não devem ter lido, não é?" Era a edição vespertina de 25 de outubro. Devia ter sido entregue pouco antes.

Homem é detido por matar membros da família dos sogros

No dia 25, a Delegacia de Polícia de XX, do Distrito XX da Região Metropolitana de Tóquio, deteve o suspeito Keita Katabuchi, de ocupação desconhecida. O suspeito se apresentou à Delegacia de Polícia de XX e confessou ter assassinado Shigeharu Katabuchi, avô de sua esposa, e Kiyotsugu Morigaki, sobrinho de Shigeharu, e abandonado ambos os corpos.

Katabuchi: Então, Keita...
Yoshie: Sim... agora está sendo investigado pela polícia!
Katabuchi: Como ele... ele não precisava ter matado...

Yoshie: Pois é. Realmente... eu concordo. Mas Keita daria a própria vida para proteger Ayano e as crianças. Isso é verdade.

Katabuchi: Talvez, mas a pena deve ser bem grave...

Yoshie: Talvez... mas vou fazer tudo o que estiver ao meu alcance para ajudar. Vou conversar com a família, contratar um advogado e esclarecer tudo que aconteceu até agora para tentar reduzir a pena. Mas, fora isso, tem algo que quero pedir a você, Yuzuki. É sobre sua irmã.

Katabuchi: Como ela está? Bem?

Yoshie: Sim. Falei com ela há pouco por telefone. Estava muito deprimida, mas a princípio os três estão saudáveis. Soube que estão mesmo no apartamento mencionado na carta. Por isso, Yuzuki, quero que você apoie sua irmã. Eu dou algum jeito de cuidar da parte financeira, mas preste suporte emocional aos três. Você é a pessoa que Ayano mais quer encontrar.

Depois disso, Katabuchi e a mãe foram até o apartamento onde Ayano e as crianças moram.

Elas me convidaram para ir junto, mas logicamente alguém de fora como eu não deveria estar presente. Então, recusei educadamente.

Quando nos despedimos, Katabuchi curvou-se tantas vezes em agradecimento a mim que eu fiquei sem jeito.

Com a investigação policial e os depoimentos de Keita Katabuchi, e de várias outras pessoas, elucidou-se o seguinte:

Os corpos de Shigeharu Katabuchi e de Kiyotsugu Morigaki foram encontrados três meses depois da morte de ambos, em uma montanha na província de XX.

Fumino, a esposa de Shigeharu Katabuchi, sofre de demência severa e, após a morte do esposo, foi internada em uma casa de repouso na província de XX. O paradeiro de Misaki Katabuchi segue desconhecido. Segundo testemunhos, ela parece ter sido vista em uma loja de conveniência da província de XX, mas nada foi confirmado, e as buscas da polícia continuam.

* * *

Aqui é Yuzuki Katabuchi. Há quanto tempo!

Agradeço sinceramente por toda a sua ajuda naquela ocasião.

Escrevo esta mensagem para lhe informar todo o ocorrido desde então.

No momento, minha irmã, Hiroto e Momoya estão morando no apartamento da nossa mãe. Ela parece adorar viver com os dois netinhos, e está parecendo até mais jovem. Minha irmã está trabalhando meio expediente e estudando para obter a qualificação de professora de creche.

Não sabemos o que o futuro nos reserva.

O julgamento de Keita não deve ser concluído tão cedo, e continuamos angustiadas, mas, pensando nas crianças, fazemos o possível para manter o sorriso e vivermos felizes.

Quando as coisas estiverem mais calmas, gostaria de revê-lo algum dia para lhe agradecer de novo pessoalmente. Por favor, diga a Kurihara que mandei lembranças.

Yuzuki Katabuchi

* * *

Dias depois, relatei os acontecimentos a Kurihara no apartamento de Umegaoka.

Kurihara: Entendi. Então foi assim que as coisas aconteceram. Pelo visto, era mais complicado do que eu imaginava. No final das contas, não fui de grande ajuda.

Autor: Claro que foi! Katabuchi estava agradecida. Ela disse que entendeu muitas coisas graças a você.

Kurihara: É mesmo? Bem, vamos continuar acompanhando de fora o desenrolar dos fatos.

Kurihara tomou um gole de café e suspirou.

Kurihara: Porém... quem seria a outra pessoa?

Autor: Outra pessoa?

Kurihara: A criança do ramo secundário dos Katabuchi que foi morta! Rankyo fez Momota matar **três crianças**, certo? O primogênito, filho da primeira esposa, e o terceiro e quarto filhos, da terceira esposa. Mas, segundo os mandamentos, a "oferenda memorial da mão esquerda" deve ser realizada anualmente, a partir dos dez anos, até que a criança complete treze anos. Dez, onze, doze, treze anos: uma morte para cada ano. O que estou querendo dizer é que, ao todo, são quatro crianças a serem mortas. Deve haver mais uma vítima.

Autor: Hum... será que eles não teriam desistido no meio do caminho? "Talvez a família secundária tenha percebido o movimento da família principal e cortado relações", foi o comentário de Yoshie.

Kurihara: Se eles perceberam, apenas "cortar relações" seria suficiente? Mesmo após o ritual ser concluído, Soichiro educou rigorosamente os filhos sobre a "oferenda memorial da mão esquerda". Uma pessoa tão obcecada com o ritual desistiria dele no meio do caminho?

Autor: ...

Kurihara: Acredito que uma quarta pessoa foi morta.

Autor: Mas se a criança tivesse matado quatro pessoas, Seikichi perceberia algo, não?

Kurihara: Será que ele realmente não notou?

Autor: Como assim?

Kurihara: Não há a menor possibilidade de ele ter percebido e ficado em silêncio? Ou seja, foi basicamente um "mabiki".

Mabiki: aborto ou infanticídio para restringir o aumento no número de crianças. Um costume usual no Japão até por volta da era Meiji, ou seja, cerca de 1868.

Autor: No entanto, o "mabiki" era praticado por famílias pobres para reduzir o número de bocas a sustentar, não é? Que sentido essa prática teria para alguém abastado como Seikichi?

Kurihara: O "mabiki" não se restringe a pessoas pobres. Seikichi tinha várias esposas. Havia entre elas uma luta constante pelo poder. A situação se agravou de tal forma que saiu do seu controle. Temendo as complicações que pudessem advir para si, Seikichi... Bem, tudo não passa de suposição minha.

Autor: Vamos parar com essa conversa... seja como for, é coisa do passado. Seikichi está morto e é inútil pensarmos nisso agora.

Kurihara: Você tem razão. Então, vamos falar sobre hoje em dia. Na verdade, tem mais uma coisa que me deixou com a pulga atrás da orelha. É sobre a lista que Shigeharu entregou a Keita. Nela constavam mais de cem nomes de descendentes da família secundária. Como a família principal obteve esse tipo de informação?

Autor: Bom... originalmente havia uma ligação entre a família principal e a secundária, certo?

Kurihara: Mas as relações foram rompidas muito tempo atrás, não foi? É quase impossível obter todos os nomes e endereços dos descendentes de Seikichi espalhados por todo o país no pós-guerra.

Autor: Então como...

Kurihara: Alguém deve ter fornecido as informações à família principal, não acha?

Autor: Você acha que houve um colaborador?

Kurihara: Exatamente. Quem poderia pesquisar sobre os descendentes da família secundária não tinha como não ser alguém desse ramo da família. Em outras palavras, um dos descendentes de Seikichi Katabuchi devia passar informações para a família principal, sua inimiga.

Autor: Mas, afinal, quem poderia estar fazendo isso?

Kurihara: Me vem à mente uma pessoa... Alguém que descende de Seikichi e que tem relação com a família principal... Yoshie.

Autor: O quê?

Kurihara: Yayoi, a avó de Yoshie, era a sétima filha de Seikichi, correto?

Autor: Sim.

Kurihara: Vamos pensar o seguinte: e se a quarta vítima da "oferenda memorial da mão esquerda" foi o irmão de Yayoi? Com o assassinato do irmão, ela haveria jurado se vingar da família Katabuchi. Assim como Soichiro, também "amaldiçoou" os próprios filhos com uma sentença: "Matem os membros da família principal Katabuchi." Isso teria sido passado de geração em geração, e a tarefa foi confiada a Yoshie. Teria sido por mero acaso que ela se casou com alguém da família Katabuchi? Ou ela teria planejado tudo? A morte de Yo-chan, o acidente do marido, a reviravolta de Keita?

Quando eu estava prestes a dizer "isso não pode ser verdade", instantaneamente hesitei. A teoria de Kurihara era surreal. Era algo impossível. No entanto, eu não podia negar que tinha minhas dúvidas em relação a alguns fatos relacionados a Yoshie.

Ao se referir a Rankyo, ela disse: "Então dei um jeito de pesquisar antes sobre Rankyo." Que "jeito" teria sido esse?

E o papel com os cinco preceitos da "oferenda memorial da mão esquerda" escrito por Soichiro... Provavelmente era o bem mais valioso da família Katabuchi. Por que Yoshie estava de posse dele?

Inclusive... no dia seguinte à conversa com Yoshie, Misaki foi colocada em cativeiro. No dia seguinte... seria mera coincidência?

Além disso, havia sido o jornal local de Saitama que revelou a Shigeharu sobre Kyoichi Miyae. Por que Shigeharu o tinha se ele morava tão distante de Saitama?

Pensamentos perturbadores cruzaram minha mente.

Apesar de tudo, era difícil acreditar que a personalidade de Yoshie e todo o arrependimento que ela mostrou diante da filha, chorando, tivessem sido encenação. Porém...

Autor: Não... isso é impossível!

Kurihara: Bem, isso também não passa de uma "suposição" minha. Não esquente a cabeça com isso.

Kurihara sorriu e terminou de tomar seu café.

Seu jeito ingênuo e casual de falar me causou uma leve irritação.

1ª edição	MAIO DE 2025
reimpressão	JUNHO DE 2025
impressão	GEOGRÁFICA
papel de miolo	IVORY BULK 65 G/M²
papel de capa	CARTÃO SUPREMO ALTA ALVURA 250 G/M²
tipografia	MINION PRO